U0540284

# 所谓世间那就是你

—— 日本百年经典文学精选 ——

［日］太宰治
冈本加乃子
织田作之助 等著

钟小源 译

天津出版传媒集团
天津人民出版社

图书在版编目（CIP）数据

所谓世间，那就是你/（日）太宰治等著；钟小源
译. -- 天津：天津人民出版社, 2018.11（2019.7 重印）
ISBN 978-7-201-13948-7

Ⅰ. ①所… Ⅱ. ①太… ②钟… Ⅲ. ①短篇小说 - 小
说集 - 日本 - 现代 Ⅳ. ① I313.45

中国版本图书馆CIP数据核字(2018)第210142号

## 所谓世间，那就是你
SUO WEI SHI JIAN, NA JIU SHI NI

| 出　　版 | 天津人民出版社 |
|---|---|
| 出 版 人 | 刘　庆 |
| 地　　址 | 天津市和平区西康路35号康岳大厦 |
| 邮政编码 | 300051 |
| 邮购电话 | （022）23332469 |
| 网　　址 | http://www.tjrmcbs.com |
| 电子信箱 | reader@tjrmcbs.com |
| 监　　制 | 黄　利　万　夏 |
| 责任编辑 | 玮丽斯 |
| 特约编辑 | 曹莉丽　刘　婷　李晨昊 |
| 装帧设计 | 紫图图书ZITO® |
| 制版印刷 | 艺堂印刷（天津）有限公司 |
| 经　　销 | 新华书店 |
| 开　　本 | 880毫米×1230毫米　1/32 |
| 印　　张 | 8 |
| 字　　数 | 140千字 |
| 版次印次 | 2018年11月第1版　2019年7月第3次印刷 |
| 定　　价 | 49.90元 |

版权所有　侵权必究
图书如出现印装质量问题，请致电联系调换（022-23332469）

# 目录

总会有人用尽生命来温暖你 / 001
·《家灵》冈本加乃子

不畏孤独，才具备爱的能力 / 023
·《寿司》冈本加乃子

相爱的人也是孤独的 / 053
·《夫妇善哉》织田作之助

生命的路上谁没有负重前行 / 109
·《维庸之妻》太宰治

人生只有一半的自由 / 143
·《十三夜》樋口一叶

我好想美丽地活下去 / 169
·《女生徒》太宰治

**附录**

织田君之死 / 219
人物年志 / 223

总会有人用尽生命来温暖你

《家灵》冈本加乃子

**所谓世间 那就是你**

在高冈地带的住宅区,有一个两条铁轨交汇而形成的十字路口。在这十字路口当中,还有一条狭窄蜿蜒的斜坡通往城市的低洼住宅区。斜坡路上有一家有名的泥鳅店,位于八幡神社的正对面。打开被擦拭得十分干净的细木格子门,可以看到门正中央悬挂着的老旧门帘。门帘上还写着青莲院流[1]的白色"命"字。

泥鳅、鲶鱼、甲鱼、河豚,夏天甚至还有鲸鱼干——据说这类食品可以滋养身体,所以当年这家店的创始人将店铺取名为"命",并自认为是个不错的创意。刚开店的时候可能确实会令人眼前一亮,但之后的数十年间,这个店名就渐渐地变为一个极平庸的名字,再也没有人在意。但因为这家店有着独特的料理方法,加之价格便宜,来客总是络绎不绝。

---

[1] 青莲院流:日本一种书法流派。

四五年前,说到"命"就会让人联想到为探寻某种神秘感和虚无感而展开的冒险,以及对黎明的执着追求之类的东西,当时就是这样一个浪漫的时代。于是这家店也把帘子上已经被洗褪色的文字拍拍干净,清理掉这几十年来沉积的灰尘,给予了附近的现代青年一种虽然唐突但不失震撼的感受。他们来到店前,看到这门帘上的文字便会以一种青年人独有的沉郁口吻说道:

"累死了。稍微吃个'命'怎么样?"

随后同伴则以稍稍老练的口吻说道:

"别反过来被'命'吃了。"

说罢互相拍着肩膀进了熙熙攘攘的店铺。

客人在一间宽敞的和式房间用餐。冰冷的藤制榻榻米上铺满了四方形的细长木板,这便是餐桌。

客人们有的会坐在和式房间里,有的则直接坐在房间外泥地上的凳子上用膳。他们眼前的食物大多是火锅类料理或是碗装料理。

大概是因为店员只擦拭自己够得着的被热气和烟雾熏黑的地方,所以木墙下面一大半地方都像铜一样红得发亮,而往上连着天花板的部分则如炉灶内部一样漆黑。有一盏朝向室内的枝形吊灯正闪闪发光。它散发出的耀眼白光不仅让这房间看起来像个洞穴,并且当这白光照射在客人们用筷子夹进嘴里的鱼骨上时,能让这骨头看起来像白色的枝状珊瑚一样，还能让堆积成山的碟子里的白葱如玉一般灿烂夺目。置身于这种景色之中，满座的客人就像是一群饿鬼在举行盛宴一般。其中或许还有另外一个原因，客人们对于这些罕见的海鲜料理的品尝方式并不熟练，才会使得他们看起来像是在紧咬着某种神秘食物。

　　木墙的另一面有一扇中等大小的橱窗，打开它就能看到橱柜。客人们点的菜就是由厨房送到这里，然后再由年轻的女服务员端去给客人。从客人那里收的钱也会放在这里。为了便于看管以及结账，橱窗的内侧一般会有一个账房。长久以来透过橱窗都可以看到老板娘白皙的脸，不过现在看到的则是她女儿久米子那小麦色的面庞。久米子为了监视女服务员的工作态度以及客席的情况，时不时地会从窗子那儿往外窥视。有时候会有学生恰好看到正在向外窥视着的久米子，然后发出滑稽奇怪的声音来，通常这种情况，久米子则会苦笑着命令女服务员："吵死了，你多拿些佐料给他们。"

　　女服务员忍着笑意把夸张地塞满了碎葱的佐料盒端给了学生们，学生们看到自己对久米子产生影响的证据——这满满的一堆气味浓厚的碎葱后，开始为自己的胜利而欢呼。

　　久米子大概在七八个月前回到这家店，替代生病的母亲开始在账房工作。她在女子学校上学期间，渐渐地对这个洞穴一样的家感到无比厌烦。自家所做的工作仿佛就是在用食物疗法治疗世上的老人和劳动者,这让她难以忍受。

为什么人们会如此惧怕衰老呢?既然已经老了,乖乖服老不也挺好吗?强迫人们充满如油脂般发光发亮的精力,世上还有比这更卑鄙无耻的事情吗?久米子哪怕闻到初夏椎树嫩芽的味道都会感到头疼。她爱黄昏时嫩叶之上的月亮远甚过椎树的嫩叶。大概就是因为这个原因吧,反而让她充满了年轻活力。

男人负责进货和掌勺,媳妇或女儿负责账房是这家店代代相传的习俗。而自己既然是独生女,将来早晚会招一个普通的相公入赘,然后当一辈子饿鬼窟的女看门人。一想到自己也会变得像忠实地履行职责的母亲那样,为了家业被打磨得毫无棱角、弱不禁风,脸如同能剧[1]中的人物一样只有白和灰两种颜色,久米子就浑身打战。

久米子以从女校毕业为契机,趁机离家出走,踏上了她的职业妇女之路。她对自己这三年做了什么、过得如何只字不提。但至少会从寄居的公寓往家里寄明信片联络。她能够回想起的只有这三年间,自己如同一只蝴蝶在职场中翩翩起舞、光彩夺目。而

---

[1] 能剧:日本最主要的传统戏剧。这类剧主要以日本传统文学作品为脚本,在表演形式上辅以面具、服装、道具和舞蹈。

和男性朋友之间则像蚂蚁互相触碰触角一样打打招呼就罢了。那段时间虽然像梦境一样，但同样的生活总是没完没了地重复着，久米子也渐渐感到厌倦。

母亲卧病在床，久米子被亲戚叫回家中，无论在谁的眼里，她都只是稍微长大了点，并没有多大的变化。母亲问道：

"你这段时间都在做些什么？"

"嘿嘿。"久米子只是笑笑。

从她的反应来看，是不打算继续说下去了。而母亲也不是一个会对此刨根问底的人。

"明天起账房就交给你了。"

听到母亲这么说，久米子又嘿嘿地笑了。从小，当家里的亲人互相透露心声或是认真地商量的时候，总是会莫名其妙地都害羞起来。

久米子多少有些认命，为了不让自己再过于厌恶这个店，她开始转移注意力，积极地去打理柜台和处理店里的琐事。

岁末悄悄临近。斜坡上的沙子被风吹得精光，只剩下冻干的泥土，而木屐则毫不留情地踩了进去。这是一个寒冷的夜晚，冷飕飕的风声在发根处沙沙作响。坡道上的交叉口传来电车轨道摩擦的声响，夹杂着八幡神社院内树林的沙沙响声一齐涌入耳中，听起来像是远处的盲人在小声说话。久米子情不自禁地想着，如果现在可以站在斜坡上向下俯瞰，大概低洼处住宅的灯光会像冬天海里的渔火一样明亮吧。

客人们陆续地散去，和式间的客席上弥漫着卤菜香味和香烟烟雾，不断地向上飘去，把灯饰也包围了起来。女服务员和负责外送的男店员正在将火锅料理所用剩的木炭回收到炉灶里，继续燃烧。

久米子不知为何不太喜欢像这样心中若有所思的夜晚。想让自己放松下来的她翻看着时尚杂志和电影公司的宣传杂志。距离十点下班还有一个多小时，已经没什么客人来了，就在久米子打算关门打烊的时候，负责外送的男店员突然从外面走了进来，一副被冻坏了的样子。

"大小姐，刚刚我走过后面小巷子的时候碰到了德永，他又下单了。这次要一人份的泥鳅汤，带米饭。您看怎么办？"

闲得发慌的女服务员似乎对这种情形早有预备，立刻抬起头来回应：

"那个人都已经欠我们一百多元了，一毛钱都没付过，现在又要来赊账，真是厚脸皮。"

女服务员说完后，偷偷地朝窗子里看去，想要知道久米子听到这番话后会怎么回应。

"真没辙啊，不过从母亲那个时代开始，就一直任凭他赊账了，今天暂且还是给他送去吧。"

正在烤火的年长外送店员平日里从不多嘴，听到这番话后也抬起了头——

"大小姐，这可不行。都到年末了，应该趁此机会让他把钱还清了才是。不然明年他还是会死乞白赖地缠着我们。"

这个年长的外送店员相当于领班，他的意见还是不得不听的。于是久米子只得顺从："那好，就这么办吧。"

厨房人员把煮乌冬面时用到的油炸豆腐从汤里捞出来装进碗里，作为夜宵分配给店里的员工。久米子也端过其中一碗，对着热腾腾的乌冬面吹气。当大家吃完夜宵的时候，四处巡逻的火灾警备人员也正好从店门前经过，敲打着木板提醒人们小心火源，店里薄薄的玻璃窗门都要被这响亮的声音给震碎了。在老街里有这样一个规矩，听到这个警戒声时，不管什么店铺基本上都必须关店，即使还没到打烊的时间。

这时，草鞋的啪嗒啪嗒声正向他们靠近，随后店门被轻轻打开——

只见德永老人那满是胡须的脸露了出来。

"大家晚上好，今天可真冷啊！"

店员都装作不认识他，老人稍稍观察了一下大家的动静，歪着头小声问道：

"那个……请问……我点的……米饭和泥鳅汤还没好吗？"

这声音听起来既担心又狡猾。

刚才收到老人订单的外送员有些不好意思地说道：

"非常抱歉，我们已经打烊了……"

还没等他把话说完，那个年长的男店员就立刻抬了抬下颚，示意年轻店员：

"你跟他实话实说。"

于是年轻的外送员用了几分钟向老人说明，虽然每次消费的金额不多，但日积月累已经赊欠店里一百多块钱了，如果不多少偿还一些欠款的话，年末店里也不好结算。

"而且，现在也不同以往了，账房主要是由大小姐负责的。"

老人听到后，开始焦虑地摩擦起自己的双手。

"嗯？是这样的吗？"

老人歪着头表示怀疑。

"总之，外面太冷了，麻烦让我进店说话吧。"

说着他咯吱咯吱地拉开门走了进来。

女服务员是肯定不会给他拿坐垫的，因此他就一个人坐在宽宽的藤制榻榻米上，看起来有些孤单，像是个等待审判的犯人。虽然他穿得比较臃肿，但这宽大的体格看起来并不结实，他习惯性地把左手揣进怀里，按住肋骨一带。他把几乎全白的头发梳成了全发型，五官十分端正，由于太过端正反倒让人觉得他看起来有些薄命相。不同于他儒者一样的五官，衣带上挂着的围裙皱皱巴巴的，当他坐下时，和服衣摆下还稍微露出了浅黄色的打底裤。就连黑色灯芯绒短布袜都和他的相貌不搭。

老人向着大小姐所在的窗子以及店员们，先是一本正经地解释说由于整个社会经济都一天不如一天，自己从事的雕金工作不再被大众需要，因此才没钱付账。本来只是为了找找借口，但当谈及自己手艺的稀有性时，老人身上突然迸发出一种力量，兴奋地谈论起来，而且越说越带劲。

这老人不知是自豪还是在感慨，如同说着落语[1]一般手舞足蹈的姿态绝非今夜才有，作者在这里只是稍微介绍一下。

"我干的这个雕金工作和其他的雕金不同，在行里叫作'片切雕'。说到雕金，这是一门以金断金的技术，不是什么简单的手艺，是需要很强大的精神力的。如果不能每天都吃碗泥鳅汤，这工作根本干不下去。"

老人身上有着老匠人常有的习惯，那就是忘记说话的目的，陶醉于自己的话语，不管在什么场合都能自顾自地做一场个人演讲。老人仍扬扬得意地在介绍何谓"片切雕"，据他所说，这是

---

[1] 落语：日本的传统曲艺形式之一。

由元禄时期的名匠横谷宗珉[1]所创，用剑道的话来说就是一刀定胜负的伟大手艺。

老人做出左手拿着钢凿，右手持锤的样子。然后定住身体，深深地吸一口气，将全身的力气集中到小腹。虽然只不过是在模仿他工作时的样子，但这样子十分有型，让人从姿势中感受到刚柔并济的自然法则。外送员和女服务员都被他的样子所吸引，从炉子旁边站了起来。

老人收起了刚刚庄重的姿势，嘿嘿嘿地笑了起来。

"普通的雕金，不管是这样做，还是那样做，都只要动动手指头就能雕刻了。"

这回老人像个落语家似的，为引人注目，稍微扭动着两只手腕，弯了弯背，夸张地做出很丑的操作钢凿和铁锤的样子，外送员和女服务员见了都偷偷笑着。

"但是，如果要做'片切雕'的话——"

老人再次表现得威风凛凛。他缓缓张开了原本闭上的眼，如同青莲一般的丹凤眼和深黑的瞳孔静静地斜视着。左手正好停在某处，右手则从肩膀处开始直直地往前伸，整个右臂伸得老直，只转动肩膀，在右边画着一个大大的圆弧。接着模拟拿锤的拳头

---

[1] 横谷宗珉：江户人，横谷宗与之子，镂金师。学于后藤家，曾侍奉于幕府。

使劲地砸向拿钢凿的手。久米子透过窗子窥视着老人,她回想起自己曾经在学校看到的希腊雕像,那是一个石膏做成的正在投掷铁饼的青年雕像,青年夹住铁饼的右手伸展到了人体的极限,那年轻紧致的美丽手臂突然浮现在久米子眼前。老人敲打的有力姿势里,包含着破坏的怨恨以及创造的喜悦,二者融合在一起发出巨大的声响。他敲打的速度超乎寻常,令人难以分清这速度到底属于恶魔还是善神。老人的右手上下摆动,画着如同天体轨道一般的弧线,见到的人无不感受到宇宙的宽广无垠。然而就在右手将要敲响左手的那一刹那,右手与左手保持着固定的距离突然停止下来,仿佛那里有着什么刹车器一般。这就是所谓的艺术修养吗?老人重复了五六次这样的动作,才将身体放松下来。

"诸位,明白了吗?"

老人接着说道,"所以说,如果不喝碗泥鳅汤的话身子骨受不住啊。"

其实这些表演对老人来说已经是家常便饭。一旦老人开始了表演,店里的人都会暂时分不清自己究竟是在店里,还是在东京的高冈地带,他们无一不被这愉悦的危机和符合常规的奔放感所吸引。他们再度看着老人的脸,但老人的话语无论多么真挚,最终还是会回到吃泥鳅这件事上,他们不禁一齐放声大笑。为了掩饰害羞,老人说道:"这个钢凿的刀尖有阴和阳两种使用方法……"

说罢又变回了刚刚那个自大的匠人，讲起了技术，说是通过刀尖的两种使用方法就能雕刻出牡丹的妖艳和狮子的豪迈。接着又加大了身体的动作，眼神如同在吮吸甘露一般陶醉地说，靠着这门手艺，在硬硬的金属板上刻画出栩栩如生的动物这一过程，是多么的有趣。这只不过是使匠人自身沉溺其中的自娱自乐罢了，店里的人们已经彻底感到厌倦，想让老人就此结束表演，说道：

"那就帮你送过去好了，但是只有今晚，请你回家等着吧。"

说罢便将老人送出门，关上了店门。

某天也是这样一个起风的夜晚，火灾警戒员经过后，店员就关上店门外出洗澡了。老人仿佛看准了这点，店员刚一出门，他就悄悄地打开店门进来了。

老人朝着久米子那边的窗户坐了下来。隔着窗子，老人独自坐在这宽敞的房间里，很长一段时间，无所事事地任凭时间流逝。老人今晚已经下定了决心，却又有些无精打采。

"从我年轻的时候起，不知怎么的我就很喜欢泥鳅这玩意儿，这工作要耗费我很大的精力，因此如果在工作时不能补充食物的话，就无法继续下去。我活得落魄潦倒，在这小巷子里的大杂院一住就是二十余年。我没有妻子，无论是寂寞还是艰苦的时候，这些仿佛长着柳叶般尾鳍的小鱼，总是莫名地让我感到怀念，它们对我而言不单单是食物这么简单。"

老人仿佛在寻求共鸣一般，语无伦次地叙述起来。

他说自己哪怕被人妒忌、蔑视，或是心像着了魔似的兴奋之时，只要嘴里含着那小鱼，用门牙咔嚓咔嚓地把它从头部开始一点一点慢慢嚼碎，自己的愤恨仿佛就能转移到那上面，然后就能涌起一股温暖的泪水。

"被吃的小鱼和吃小鱼的我，无论是谁都可怜，仅此而已。我也不是很想找老婆，但是我渴望着可爱之物。每当我想要得到可爱之物的时候，只要看到那小鱼，我难过的心情就总能得以平静。"

老人后来从怀中掏出了毛巾做的手帕来擤鼻涕。"在你这样的小女孩面前说出这样的话确实有点讽刺。"他说出了这样的开场白，然后继续说道，"这里的老板娘十分善解人意。以前我也为拖欠付款而感到窘迫，每次都像这样，深夜里小心翼翼地来到这里向她解释。当时老板娘刚好也是在这个账房里，她好像很累的样子，拿手托着下巴，稍稍从窗子那里探出脸来对我说道：'德永先生，如果您想吃泥鳅的话，想吃多少就吃多少吧，千万别担心。您就一心雕刻，直到做出觉得满意的作品，就把它当作吃鱼的钱交与我，或是拿来卖给我都可以。真的只要这样就可以了。'你的母亲一直重复着这句话。"老人说罢又擤了擤鼻涕。

"老板娘当时还很年轻,刚好和你现在差不多大,不过她早早地招了一个夫婿入赘。只可惜她的丈夫是一个放荡公子,整天流浪在外,在四谷和赤坂可谓早已臭名远扬。但老板娘忍气吞声,一步也不曾离开账房。只是偶尔能够透过窗子看到她那想要依靠而又无比难过的样子。这也难怪,老板娘也是有血有肉的活生生的人,没那么容易就变成冰冷的石头。"

德永当时也很年轻,他实在看不过去老板娘就这样像被活埋一样囚禁在账房里,老实说,他已经不止一次想要把她硬拉出来。但同时,他又想到如果被大家知道他喜欢这样一个像木乃伊一样的女人,他也会毫无颜面,每想到此他又想逃离这里,远离老板娘。然而只要一盯着老板娘的脸,他就会变得浑身无力。老板娘的脸仿佛在告诉他——如果我犯下了过错,无论如何补救,都会永远在这个家留下无法挽回的遗憾吧。相反的,如果这世上再也没有人愿意慰藉我的心灵,恐怕我会像灰尘一样消失得无影无踪吧——

"至少,让我用我的手艺,把生命的气息和返老还童的力量透过这窗子,献给正渐渐石化的老板娘吧,为此我饱含心血敲打着钢凿和锤子,因为再没有比片切雕更合适的东西送给她了。"

老人还说为了慰藉老板娘,自己费心钻研雕刻,在不知不觉中已经成了自明治名匠加纳夏雄[1]之后手艺最好的匠人。

但是他并没能雕刻出太多有生命力的作品。德永会百里挑一选择作品献给老板娘，其他的七八个则拿去卖掉以换取生活费。因为剩下的都不是很理想，便把雕刻到一半的材料全部拿去重新铸造。"老板娘有时把我送给她的发簪插在头上，有时则把它摘下来欣赏，那时的情景还清晰地印在我的脑海中。"不过德永最终还是只能当一个默默无闻的雕金名匠。虽然这是命中注定的，但不得不说岁月实在是太过残酷了。

"最开始我送给她的是雕刻着柳樱的扁平银簪，哪怕是高岛田发髻也能插进去。后来开始送她椭圆形发髻用的玉簪，上面雕刻着夏菊和杜鹃鸟。然后是掏耳棍一般细细的发簪，上面用细细的线条雕刻着胡枝子和女郎花。刻到这种程度的时候，我已经没有什么太好的创意了。最后是在两三年前，做了一支古风的簪子送给她，在发簪颈处雕刻着一只呼唤着伙伴的白颈鹤。之后我就再也没有雕刻过任何东西给她了。"

说完德永便筋疲力尽地瘫坐了下来。接着又说道："说实话，我已经没有能力偿还欠款了，身体也越来越虚弱。也没有精力工

---

[1] 加纳夏雄：明治二十七年（1894年）进入东京美术学校担任教授，将古金工技术传承至现代，是金工史上一位大师级人物。

作了。老板娘她来日渐短，恐怕也不再需要发簪了吧。只不过我多年来已经习惯用泥鳅和米饭作消夜，如果不吃这个的话，我想我很难熬过冬天的夜晚，我的身体会被冻僵。对我们这些雕金师来说，钢凿就是我们的一切，我们从来不会考虑明天的事。你既然是那位老板娘的女儿，那今晚也请给我五六条小鱼吃吧。哪怕是死，我也不想死在这草木枯萎的夜晚。今晚，就这一晚，我想把那些小鱼的生命融入我的骨髓里，想要继续活下去。"

德永请求的样子和阿拉伯人朝拜落日一样，由衷地面向天花板，如同石狮子一般蹲着，哀怨的声音听起来像是在咏唱着咒文。

久米子不觉站了起来，一种奇妙的感觉使她全身陶醉，她摇摇晃晃地走向厨房。厨师们都已经回去了，厨房内空无一人，耳边只传来滴落在鱼缸中的水滴声。

久米子在唯一亮着的那盏灯下环顾四周，只见鱼缸上都盖上了盖子。打开盖子后可以看到为明天准备的泥鳅正泡在酒里。还有的像喝醉了似的把头探出水面。平日里光是看到就觉得厌烦的小鱼现在看起来竟是如此的亲近。久米子卷起袖子露出了小麦色的手臂，一只两只地把它们抓到锅里，被握在手里的小鱼时不时地蠕动着，这颤动如同一股电流传入久米子心中，一瞬间她感受到一种不可思议的深意——生命的呼应。久米子将高汤和味噌汤加进锅子里，再抓起一把切成细丝的牛蒡丝加进去，然后开始在瓦斯炉上搅拌起来。汤加热后，小鱼翻出了白白的肚皮，随后久米子把汤汁倒入红色的大碗中，再抓了一把花椒放在碗盖上，把碗和饭桶一起递向窗外。

"饭可能有些冷了。"

老人高兴得已不在乎得不得体，抬起自己灯芯绒的短布袜向前走，接过久米子递过来的碗，小心地放进借来装外送料理的饭盒里，随后打开小门如同盗贼一般消失得无影无踪。

被宣告得了治不好的癌症的母亲卧病在床，心情反而变好了不少。说是终于可以自由自在地活动身体了。她将病床朝向早春的向阳处，起床后一边吃着各种自己想吃的东西，一边难得地以母亲的口吻对久米子说道：

"真是不可思议呀，这家店的每一任老板娘的丈夫都是放荡公子。我的妈妈是这样，外婆也是这样，真是丢死人了。但是，只要你默默地待在账房里忍耐着，勉强还是可以继续挂着招牌经营下去的。更不可思议的是，只要坚持下去，总会有人用尽生命来安慰你。妈妈和外婆都有一位愿意慰藉自己心灵的人。所以我也要先提醒你，如果你的丈夫也是个放荡的人，千万不要感到气馁，我还可以告诉你一件事——"

母亲不想在临死前脸上还脏脏的，执意要在脸上涂抹些白粉化些淡妆，便让久米子从柜子里把弦柱盒子拿了过来。

"这些才是真正属于妈妈的宝物。"

说罢她把脸紧贴着这盒子,十分怀念似的摇了两三下。里面传来了德永呕心沥血雕刻而成的无数金簪银簪的响声。听到这响声的母亲抿着嘴发出喔喔的笑声,那是一种近乎天真的少女的声音。

想要屈服于命运的不安,以及想顽强坚持下去的勇气,加上寂寞而又虔诚地相信着救赎的心情,在那之后日日夜夜在久米子内心交错着。当这感情积蓄到令她喘不过气来时,她便会将这心头的重负抛在一边,巧妙地运用技巧如同安抚小狗一般地操纵着自己的感情,然后恍惚回忆起自己的童年。久米子时不时应邀和常来店里的学生们一起吹着进行曲的口哨,漫步至斜坡之上,山谷另一面的都市天空正被低矮的晚霞覆盖着。

久米子一边吃着学生们给她的水果糖,一边想着,如果这几个青年中有人与自己产生了交集,谁会成为那个让自己烦恼的浪荡夫婿,而谁又会对我伸出救赎之手呢?像这样的胡思乱想让久米子的心情颇为愉悦。但是,过了一会儿——

"店里正忙着呢。"

久米子说着便双手抱胸独自回到店铺,坐在账房里。

德永老人的身体日渐消瘦,不过他依旧会每天都来到店里,拼命地恳求给他一碗泥鳅汤喝。

所谓世间 那就是你

# 告诉你

德永老人和久米子的母亲其实是相爱的,且两个人之间并没有什么世俗的阻隔,那么为什么他们却不选择在一起呢?或许他们已经过了靠激情来灌溉生命的年纪,或许他们早已经知道,就算在一起也无法改变各自生命孤独的本来面貌。在外人看来,德永和久米子的母亲一个是银饰工匠,一个是饭店老板娘,他们甚至都谈不上是朋友。但是十几年里通过泥鳅汤和发簪的交换,他们在这苍凉世上成为彼此的至亲。

很多人说距离产生美,到底什么距离是美的距离呢?其实美的距离就是心的距离。有的人看起来很近,心却隔得很远;有的人看起来隔得很远,心却离得很近。而就是这种看似很远却就在心田的距离,让久米子母亲的生命变得满足而从容。每个人都是独立的,人与人之间必然需要空间的距离,但是两颗心的距离还是越近越好,因为只有这样两颗心才能用尽生命来温暖彼此。

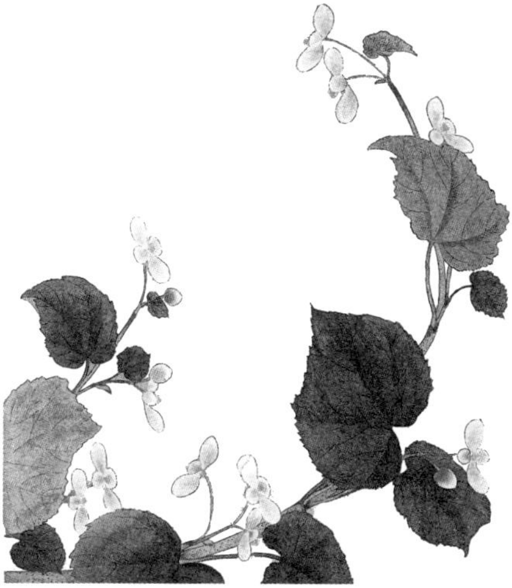

不畏孤独,才具备爱的能力

《寿司》冈本加乃子

东京湾的工商业集中区和高岗地带的住宅区之间,有一条布满了陡峭坡道和山壁的小巷街道。从繁华都市拐进这条小巷,立刻有一种来到了一个新的世界之感。换句话说,厌倦了大马路和新街道的繁华喧嚣的人,有时为了转换一下心情,就会转进这条小巷里……

在这条街道最低洼的地方,有一家叫"福寿司"的店铺,是一栋用红砖垒起来的两层楼建筑。这家店的正面三四年前重新装修过,背面则是由几根插进山壁的柱子支撑着,这就是一栋将就使用着的古老住宅。

这家店很久以前就是一家经营寿司糕点的店铺,但之前的主人因为生意不好,就把招牌和整个店铺一起转让给了知代的父母,直到最近寿司店的生意才渐渐好转起来。

福寿司的新老板,也就是知代的父亲,不愧是曾在东京屈指可数的寿司店内工作过的厨子，有着精湛的手艺，不仅对食客们的观察细致入微，而且为了提升寿司的质量也不遗余力。以前的福寿司差不多都是以外送为主，但自从换了老板之后，渐渐地开始有在柜台前或是店内土间[1]里等候的客人了。原本只是一家由夫妻和女儿三人经营的店铺，不久就招募了新厨师，甚至还雇了女服务员来一起帮忙，否则单凭一家三口根本忙不过来。

来到店里的客人虽然各不相同，但都有个共同的特点，他们基本上都在现实生活中过得不顺心，想要来这里喘一口气，转换一下心情，暂时逃避一下生活的压力。

每个来到店里的客人都可以尽情地要求老板，享受些奢侈的服务，而且在店里的这段时间可以随意地放松自我，就算像个傻瓜似的在店内胡闹，也丝毫不会有人在意。每个人都可以完全按照自己的喜好，赤裸裸地展现真实的自己或是装扮成另一个人的模样。在这里即使说了什么粗俗的话，也不会遭遇任何人轻蔑的目光。这就像是一场游戏，能够入局的都是逃避着现实的人，彼此用理解体谅的眼神交流着。看着彼此抓起寿司、喝着茶享受的样子，就会有一种互为同类的亲近感。但有时候也会有些面无表情的客人，

---

[1] 土间：日本房子，不铺设地板或不做处理，可以穿着鞋子进出，包含院子或从事农作之处。现代大多指玄关的脱鞋处。

从不与人交谈，只是默默地吃着寿司，吃完了就安静地离开。

寿司这种料理所孕育的柔和细腻的氛围，不管人们如何沉溺其中，也丝毫不会打乱店内的秩序，凡事都可以轻轻地、不留痕迹地过去。

常到福寿司用餐的客人中，有前猎枪店的老板、百货公司外出跑业务的组长、牙科医生、榻榻米店老板的儿子、电话管理经销商、石膏模型的专业技术人员、儿童用品销售商、贩卖兔肉的推销员、证券商会的退休员工……

这些常客之中，如果是住在这附近的人，则常常会在闲暇时去完理发店后顺道光顾，而如果是离得远的客人来这一带办事，则会在办完事后顺道来吃寿司。依照季节的不同，日长夜短时，通常是在下午四点左右的时候开门做生意，也是店内客人往来最密集的时候。

来到店里的客人都会选自己喜欢的位置坐下，有的人会点些生鱼片和醋腌菜作为配料，也有人会直接点寿司。

知代的父亲，也就是寿司店的老板，有时会从厨房来到土间，将盛着有些微黑的押寿司[1]的盘子拿到常客所坐的桌子中央。

---

[1] 押寿司：也称箱寿司，将醋饭和食材放进盒子里，押成固定形状的一种寿司。

"这是什么？这是什么？"

一张张好奇的脸从四面八方凑了过来。

"啊，各位来一起尝尝看，这可是我专门为自己的睡前酒配的小菜哦。"

老板的口吻好像在同朋友说话。

"这个味道比较浓，吃起来不像是旗鱼。"

"也不像是海鲫仔，这个味道比较浓。"

有人塞了一口进嘴里后说道。

"是竹荚鱼吧？"

听到这话后，坐在靠近榻榻米柱底旁的老板娘——也就是知代的母亲——立刻爽快地摇着她两颊的赘肉，大笑着说：

"你们都被他给骗了啊。"

其实这是用豆腐渣把盐渍秋刀鱼中的盐巴和油脂去掉一些后做成的押寿司。

"老板太贼了，竟然一个人独享这么好吃的美食。"

"原来秋刀鱼还有这种吃法，好吃极了，一点也不像秋刀鱼呢。"

客人们围绕着这个话题七嘴八舌地讨论起来。

"毕竟我们也没多余的财力可以享受这样奢侈的美食。"

"老板为什么不把这个加到店里的菜单上呢？"

"开什么玩笑！那怎么行，如果把它加到菜单里，那其他的寿司就卖不出去了啊。而且如果知道这是秋刀鱼做的，根本卖不了多少钱啊。"

"老板，看不出你还蛮有商业头脑的啊！"

除了特制的秋刀鱼寿司外，其他的像是鲣鱼的边肉、鲍鱼的内脏、鲷鱼的精囊等，老板有时候也会巧加料理，把它们做成可口的菜品端到客人面前。每当知代看到这番场景，总会皱着眉头说道："看着就很难吃，怎么能把这么不上相的东西端出来呢？"但即使这样，如果客人们私下里拜托老板去做这样的小菜，他也不会同意，老板总是在大家意想不到的时候才会把这些食物突然端上桌。时间一长客人们也都明白对这件事老板既顽固又善变，所以也不再刻意强求。

如果特别想吃的时候，就会偷偷拜托老板的女儿知代。于是就会看到知代一脸不耐烦的表情，但还是会去帮客人们达成心愿。

知代从小就看惯了这样的男人，并透过这些男人明白了世间原本就是这样凑合着的，凡事差不多就行，因为这个世界原本就带着些微的稚气。

知代读女校时，寿司店老板女儿的身份多少让她感到有些害羞，每次进出家门的时候，都尽力地不让同学们接近家里，因为这样她吃了不少苦头，也曾为此感到孤独。家里父母的关系也给她带来了一种孤独感。父母虽不至于争吵，但彼此之间早已没了感情，只是为了生活所需，本能地相互协调着"替对方着想"的模式。以旁人的角度来看，像是一对关系良好的沉默寡言的夫妇。但其实父亲一直想在商业区开一家分店，同时他还是一个喜欢饲养小动物的人。而母亲，从来不会想去游山玩水，也不爱买衣服，只是每个月从店里赚的钱中存一笔自己的存款。

但即使是这样的父母，在女儿得好好接受教育这件事上，意见竟出奇地一致。在鼓吹学识的社会风气中，双亲一致认为这是在社会上能与人竞争的资产。

"自己就是个开饭馆的粗人，但唯一的女儿一定要让她接受好的教育。"

话虽这么说，但对如何为女儿提供一个良好的学习环境，双方都感到一阵茫然。

天真无邪，表面上似乎深谙世事，个性爽朗却也带点孤独，知代就是这样的女孩，既不会为自己树敌也不会有人看她不顺眼。只是她对男人的态度也非常豪爽，有事就办，一点也没有女孩子家该有的娇羞和婉约。因此在上女校的时候，还一度被教职员视为问题，但了解到知代家里特殊的生活环境后，对她这样的性格也就不再感到奇怪了。

有一次参加学校的远足活动，知代到过多摩川。她看着初春的小河淤积的河底，几条鲫鱼游来游去，在如新茶般的河水里晃动着尾巴。一群游来又一群游走，彼此交替着。这样的场景就像是不曾察觉有人正在岸上看着它们，而在河底里做着不起眼的事，在这彼此交错的鱼群中，偶尔还会看到有鲶鱼从远处懒散地游过来加入其中。

看着这些鱼儿，知代觉得自家店里的那些常客们就像春天河川里的鱼一样（即使有被称为常客的一群人在，但这其中的人员也总是流动的，经常变化的）。而自己就像是桥柱底的青苔。每个人都轻触自己接受慰劳之后悄悄离去。在知代看来，服务店里的客人一点也不像是在尽义务，更不会感到辛苦。穿着不会凸显胸部和腰部的羊毛制服，踏着咯吱咯吱响的男式木屐，就这样把茶端到客人面前。当有客人揶揄她一些男女之事的时候，知代就会马上嘟起嘴，耸耸肩膀回应：

"你这样让我很困扰，我没办法回答你哦。"

这样的语气之中有淡淡的娇媚之情，能让客人感受到语气中微微的开朗的情绪，然后笑着做出回应。知代就是这样的福寿司店里的招牌少女。

在客人当中有一位姓凑的年逾五十的绅士，他有着浓浓的眉毛，脸上常常挂着一丝忧郁，但有时候看起来又像是个精力充沛的中年人，一股由敏锐的理智所散发出的坚定意志，让他的人品显得更加出众，也使得他原本略带忧郁的脸庞看起来柔和了许多。

浓密的卷发分得恰到好处，下巴上蓄着法国式胡须，脚上的红褐色短靴则沾满灰尘。

有时他会身披老旧的结城连身和服，有时则会穿手工织的衣服。虽然他确实还是单身，但没有人知道他到底从事什么职业，店里的人都习惯称他为老师。他对寿司的吃法很讲究，但不会像寿司通那样强行矫正他人吃寿司的习惯。

他习惯在生锈了的手杖敲着地面的咚的一声响中，在椅子上坐下来，然后身体略往寿司台前倾，慵懒地对玻璃后方的生鲜食物一一确认。

"今天的种类还蛮多的。"说完后接过知代端来的茶。

"红蚶看起来很肥美。今天的蛤蜊也……"

知代的父亲已经不知不觉地记住了这位客人洁癖的个性，每当凑先生来到店里时，都会下意识地反复擦拭着砧板和盘子。

"那么，请麻烦你捏一盘给我吧。"

"好的。"

老板自然而然地做出与对其他客人完全不同的回应。凑先生想要吃什么样的寿司，知代的父亲当然很明白。通常都是从鲔鱼的中肚开始，接着是用卤汁刷过的熟鱼，然后是味道略微淡泊清爽的食材，比如蓝鳞类的鱼类食材，最后再以蛋卷和海苔卷寿司结束。

凑先生在享用美味寿司的过程中，有时会用单手撑着脸颊；有时会将下巴托在撑着手杖前端的双手上，一直低着头，茫然地四处张望着；有时则会透过店内的座位，看着远处谷崖间露出繁茂枝叶的沼泽地，又或是洒有水的大马路另一端的墙壁上垂下来的茂密树叶。

起初的时候，知代认为这是位多少有点拘谨甚至是无趣的客人，但渐渐地察觉到这位客人谜样的视线前端，所凝视的仅仅只是远处的风景，一次也没将视线转移到自己身上。对这样的发现，知代感到有些不满足。不过虽然是这么说，但如果对方的视线突然转向自己，彼此的视线相交会时，先前支撑着自己的力量就会被打破，这样反而会更加不知所措吧。

一次偶然的机会，虽然只是一丝好感的程度，但当对方对自己微笑时，知代能从这位年长的客人身上感受到一股和父母不同的、能够温暖自己的暖意。也正因如此，当凑先生像以往一样望着远方时，坐在土间一隅煮沸的水壶前的知代，就会刻意停下手中正做着的刺绣，发出一声类似干咳的声音，想以自己的方式不经意地引起对方的注意。

凑先生果然受到引诱，像受到惊吓一样转过身来，然后看着知代露出微笑。他的上下排牙齿咬合得非常好，紧致的下巴棱线看起来特别光滑，法国式的胡须也随着眼角一起上扬……父亲一

不畏孤独，才具备爱的能力

边捏着寿司，一边微微把眼睛抬起来看了下，但他认为这是知代又在淘气了，再度面无表情地回到手边的工作上。

凑先生与来到这家店的常客无话不谈。不论是赛马、股票、时事，还是西洋棋、将棋、盆栽……基本上都能在这种场合里与客人自然地交谈，大多时候凑先生都是让对方先讲八成，而自己开口的机会只有二成，这样的沉默态度并非有意看低对方，也不是要强迫着自己听一些无聊的话题，这一点可以从别人向他敬酒的过程中得以证明。

"谢谢你，我因为身体不好，被下了禁酒令，不过你都向我敬酒了，当然还是要喝上一杯的。"说着数度抬起细长有力的手，不断地高举酒杯，向对方表示敬意，爽快地一饮而尽后再把酒杯递给对方。然后趁机灵巧地拿起酒瓶来帮对方斟酒。这样的一举一动，充分展现着他在接受了对方的好意之后，要努力地加倍回报给对方的性格，这样的他非常受客人们欢迎，大家也都认为这个老人是个有品德的好人。

知代其实不太喜欢看到这样的凑先生。因为以他此时给人的印象来说，未免显得太过轻浮了一些。对于其他客人的一些明明是客套性的话语和举动，却如此慎重地还之以情，在知代看来会有损凑先生本身具有的特质。平时明明是一副很忧郁的样子，但一旦和人交谈时，就立刻展现出一副上了年纪的男人对人情世故的饥渴。此时就算是看到凑先生中指上戴着像古埃及甲虫模样的银戒指，知代也会感到厌恶。

对于凑先生的回应，兴奋不已的客人不断地向凑先生举杯，而凑先生也来了兴致，跟着不断地回敬，甚至发出开心的笑声来。看到凑先生这个样子，知代不由得靠上前去，说道："您不是说身体不好不能喝太多吗，还是不要再喝了吧。"说完顺势将凑先生手上的酒杯拿走，然后替凑先生把酒杯还给对方。当然为了凑先生的身体着想可能仅仅只是一个借口，更多的还是因为知代感到了一股莫名的嫉妒之情。

"知代真像个爱唠叨的老太太呢。"

敬酒的客人略显不满，说了这么一句就再没说下去了。凑先生则边苦笑着边向客人回礼，然后转过身来看着自己的桌子，伸手去拿沉重的茶杯。

知代开始渐渐地对凑先生产生了一种奇妙的感情，有时显得特别在意，有时候反倒是一副漠不关心的表情。有时看到凑先生进到店里，知代就会立刻站起来走开。看到知代这样的举动后，凑先生反而会摆出一张开朗的浅笑脸，但在完全看不到知代的身影时，又会感到一股深深的怅然落寞之情，然后只能比平时更加专注地凝视着大马路后方的山谷景致。

一天，知代准备拿着笼子去大街上的昆虫店买金袄子[1]。因为知代的父亲很喜欢饲养这类动物，也很有自己的一套饲育办法，不过有时还是会因为遭遇一些特殊情况而导致数量锐减。这两天刚好到了初夏的季节，正是金袄子会发出清脆鸣叫声的时节。

知代来到位于大街上的昆虫店时，恰巧看到凑先生正拿着一个玻璃缸从店里走了出来。凑先生并没有注意到知代，他看着自己手上的玻璃缸，小心翼翼地朝另一个方向踱步而去。

知代进到店里，快速地向店家订购着自己要买的东西，在店家将东西放入笼子的空当，知代走出店外，想看看凑先生去了哪里。

看着金袄子被装进笼子后，知代立刻抓起笼子，急忙地冲出去追上凑先生。

"老师啊，等我一下。"

"啊，原来是知代啊，真是难得，没想到会在外面遇到你。"

两人边走边看着对方所买的东西。凑先生买了条用以观赏的西洋骷髅鱼。鱼肉像是透明般能看到里面透出的鱼骨，肠子位于鱼鳃的下面，微微隆起。

"老师是在附近住着吗？"

---

[1] 金袄子：蛤蟆的一种。

"我现在就住在前面的公寓里。但是什么时候会搬家我也不确定。"

在大街上相遇确实难得,凑先生想请知代喝一杯茶,然而他看了下街上的店后,始终找不到一家合适的。

"总不能拿着这样的东西去银座吧。"

"啊。没必要去银座,就在这附近随便找一处空地休息会儿吧。"

凑先生看着周围绿树上开满的新叶,然后对着天空嘘了一口气。

"这个主意好像也不错。"

从大街转到小巷里面,前方不远处的崖壁边有一块空地,这里曾经是处医院,后来被烧毁了,砖瓦墙的这一侧看起来就像是古罗马遗迹。凑先生和知代将手上的东西放在草丛上,然后双双伸长了双腿。

原本知代的心里其实有一堆问题想问凑先生,但就这样并排坐着后,好像一切都没有必要了,只要能被周围如雾般的空气团团围住,像这样静静地坐着,对知代来说就足够了。相反,倒是凑先生看起来心情颇为兴奋。

"今天的小代,看起来很成熟。"

凑先生的心情似乎很好。

知代思考着该说什么才好，却似乎随性地说出了句不经大脑思考的话。

"老师，你真的喜欢寿司吗？"

"这个问题嘛……"

"那不然为什么喜欢来我们店吃寿司呢？"

"并没有不喜欢呀，只是啊，即使不是很想吃，但还是会去吃，因为吃寿司是我唯一的慰藉呢。"

"这是什么意思？"

于是凑先生开始为知代说明起来，为什么即使不是很想吃寿司的时候，吃寿司一事也会成为自己唯一的慰藉。

"……该说是在一个过于老旧随时都要崩坏的家族里，突然诞生了一个奇特的孩子？还是说在这样的家族里，对于危机的理解小孩比起大人来说更为敏锐？可能还在母亲体内时，这种危机感就已经在侵蚀着那小小的生命了吧……"凑先生一开头就讲了这么一段话。

这个孩子从小就不喜欢吃甜食。平时吃的东西也就只有些盐味煎饼等零食。而且他吃东西的时候，会小心翼翼地咬合着上下牙齿，从圆形煎饼的一端一口一口规矩地啃咬着。只要不是受潮太严重的煎饼，大多都会发出清脆的声音。孩子喜欢将咬下的煎饼在嘴里充分咀嚼，然后顺着喉咙咽下，再继续吞咬下一口。这个孩子总是喜欢先将上下排牙齿小心对齐，然后把煎饼一端放入两排牙齿的缝隙中……当煎饼即将被牙齿咬碎的那一刹那，孩子会闭上眼睛，静静倾听着。

咔哧。

即使是同样的煎饼所发出的咔哧声，其实也会有很多不同的状态。听惯了这些不同的声响后，孩子也能分辨出各种声音之间的不同来。

当听到其中某一种具有一定音调的声音时，孩子就会全身颤抖。他将拿着煎饼的手放下，短暂地陷入沉思的状态，甚至有时眼里会涌上少许的泪水。

这个家里的其他成员，父母、哥哥、姐姐以及用人，都把他当成家里的怪孩子来看，不仅仅是吃煎饼有着特殊的方式，对于其他食物，他也挑剔得很，他不喜欢吃鱼也不怎么爱吃蔬菜，对于其他肉类更是敬而远之。

外表上看起来随和但其实很神经质的父亲，有时会来巡视这个孩子吃饭的情形。

"小子，你这样子是怎么活下来的？"

或许是因为家道没落的原因，父亲明明很胆小却总是喜欢装出一副大方的样子，看着快要撑不下去的家庭，只能逞强地说着："还早还早。"在孩子小小的餐盘上盛着和往常一样的炒蛋和浅草

海苔。当母亲看到父亲又来巡视时,总是用衣袖将这些食物赶紧遮住,然后对父亲说:

"你不要在一旁凑热闹了,他要是连这些都不吃就糟了。"

其实对于每天的饭食,这个孩子都会感到痛苦。因为一想到要把那些有着色、香、味的块状物吞进肚子里,就会让他感觉身体里仿佛侵入了什么污秽的东西。他不禁想着难道没有一种像空气一样的食物吗?肚子饿的时候虽然能感受到充分的饥饿,但是又提不起足够的食欲。有时感受到饿时,他甚至会用舌头去舔用以装饰客间的玻璃水晶,甚至还会用脸颊去磨蹭。等到饿得不行的时候,心神就会变得越来越模糊,然后渐渐失去意识,但他的头脑非常清醒。这样的情形,跟他当初眺望着谷地水池的另一端,山丘后夕阳西沉时的感受非常相似(凑先生出生的地方,也是位于和这附近地势非常相似的都会的一隅),此时,这个孩子心里觉得,即使就这么倒下死去也没什么大不了的。但此时他不过是把双手勉强插入自己那已把肚子勒得深深凹陷下去的腰带间,身体稳稳前倾,头却向后仰着:

"母亲,母亲……"

孩子嘴里所呼喊的母亲,并不是他现在的亲生母亲,虽然孩子在家中最喜欢的就是自己的亲生母亲,但是在孩子的心中,一定还有其他可以被称为"母亲"的女性,而且她似乎就在身边。

如果自己现在大声呼喊，那位女性能够立即回应，并真的出现在眼前的话，他也一定会为此感到惊吓而昏倒。虽说如此，但只要能像这样呼喊母亲，就会让孩子有着一种难以明说的悲伤的快感。

"母亲，母亲。"

如同风中的薄纸，他的声音在持续地飘散着。

"来了，来了，什么事。"

出声回应并出现在他面前的是自己的亲生母亲。

"咦？这孩子，你怎么跑到这里了，你还好吧？"

母亲轻轻摇着孩子的肩，并注视着他的脸。孩子看到误以为是在呼唤她而搞错了情况的母亲，突然感到一阵羞怯，脸红了起来。

"我不是跟你说过一日三餐要好好吃的吗，你怎么这么不听话啊。"

母亲的语重心长之中带着浓浓的不忍，不过也正是在这种担忧之下，母亲发现了唯有鸡蛋和浅草海苔是这个孩子最爱吃的东西。然而总吃这些只会对孩子的消化造成负担，这未免显得太过于残酷了。

孩子有时会感到一股来自身体某处的悲伤感，并逐渐被这种感情塞满全身。每当这个时候只要看到有酸味又软软的东西，不管是生梅子还是橘子类的果实，都会想要去咬一口。到了秋黄季节，孩子甚至连都会后方的小山丘或山谷中哪里会有这些果实，都摸得一清二楚，就好像专门来啄食这些果实的鸟儿一般。

孩子上小学时，成绩非常好。不管是读过一次还是听过一次的事，都会立刻理解明白，就像印刷板一样，能够将之深深地烙印在脑海里。对学校课程的设置，孩子甚至因为太过简单而感到无趣。然而因为这种无趣所产生的冷淡反应反而让他的成绩更好。

不论是在家里还是学校，在大家眼中他都是个有些另类的孩子。

当父亲和母亲在侧室里争吵后，母亲来到孩子的身边，语重心长地恳求着：

"我说啊，你实在太瘦了，学校的老师和学务委员们都在背后谈论是不是因为咱们家的卫生做得不好，才会导致这样的结果。你父亲听了这些事情之后，就会说是我的不是，拿我当出气筒，你也知道他很爱面子。"

母亲把手贴在榻榻米上，重新调整了一下姿势，而后对着孩子低下头来。

"我求求你，能不能多吃一点长胖一点，否则，我早晚都坐立难安，每天日子也不能过好啊。"

孩子其实也明白，总有一天会因为自己的畸形体质而造成什么过错，或许自己已经造成了什么麻烦吧。看着母亲双手贴在地上，叩头道歉，他感到心里一阵难受。孩子不由得全身颤抖起来，但内心里反而有一种安心感，原来自己已经是这么一个无可救药的罪人了，那么就算自我毁灭也不会有人觉得惋惜吧。好吧，既然如此，那么就什么都吃试试看吧，不习惯的东西也要努力吞咽。呕吐也好，反胃也好，哪怕是因此而全身污浊腐烂致死也好，都无所谓了。与其活着不断地对食物东挑西嫌，给别人和自己都惹来麻烦，倒不如这样来得轻松。

孩子开始装作若无其事的样子，和家里的人一起吃一样的食物，然后立即把食物吐出来。虽然他也想克制自己，让自己的咽喉和嘴巴没有任何感觉，但是他一想到自己所咽下的食物，除了母亲之外还有其他的女性也摸过碰过，整个胃就不由得翻腾起来……再看到女用人的裙子下摆所露出的油渍污渍或是煮饭的老婆婆侧脸的发髻油，这些意象像汇聚成一根铁杵般在孩子的胸口疯狂地搅动着。

哥哥姐姐露出厌恶的表情，父亲漠不关心。母亲一边清理着孩子的呕吐物，一边一脸怨恨地看着父亲。

"你自己也看到了吧。这并不是我的错。这个孩子本来就是这样的体质。"

母亲抱怨地说着，然后叹了口气。但是对于父亲的恐惧反而变得更厉害。

次日，母亲在映着绿叶树荫的檐廊上，铺上了一层崭新的草席，然后拿出砧板、菜刀、水桶、蚊帐等东西，而且都是刚买回来的新品。

母亲让孩子坐在隔着砧板的另一侧，而后在孩子面前的托盘上放上一个餐盘。

母亲卷起袖子，伸出粉红色的手掌像变魔术般，上下翻飞着双手。接着母亲边擦拭双手边用配合着的语调说着：

"你看，这些工具都是刚买回来的全新的。而且做这些的是你的亲生母亲。看！我把手洗得这么干净，你知道的吧，那接下来……"

接着母亲把煮好放凉的白饭放入钵里，接着再倒入醋一起混合搅拌。一阵酸味飘来，母亲和孩子一同咳嗽了起来。接着母亲将钵拿到自己身边，从里面抓出一口饭的分量，再用双手将其捏成小小的长方形。

蚊帐里摆放着早已调制好的寿司食材。母亲敏捷地从中取出一块食材轻轻地压了一下，放在捏好的长方形醋饭团上，然后把整个做好的寿司放在孩子面前的托盘上。这是玉子烧寿司。

"你看，这是寿司。可以直接用手抓起来吃。"

孩子听了母亲的话，直接抓起来吃了一个。那被母亲肌肤柔顺抚摸后所渗透出的恰到好处的酸味，加上饭与蛋的甜味，巧妙地在嘴里融汇，正好形成了一种对舌头来说最为美妙的滋味……

孩子吃了一个后，不由得涌上了一种想要亲近母亲的感觉，仿佛一阵温暖的热流，浸满了孩子的全身。

孩子想要告诉母亲这个寿司很好吃，然而又羞红着脸，不敢说出来这个寿司很好吃，只是勉强地挤出微笑的表情，仰望着母亲。

"是不是很好吃？再来一个，好吗？"

只见母亲像变魔术一样，摊开自己的手心，然后握起醋饭团，同样地从蚊帐里取出一片食材轻压一下，再放在孩子面前的托盘上。

看着眼前白饭上的白色切片，孩子感到有些害怕。看到这个场景，母亲用一种温柔的语气说道：

"没什么，只要当它是白色的玉子烧寿司来吃就好了。"

这是孩子出生以来第一次吃墨鱼，对他来说，就好像是一场冒险，滑溜的触感一直顺着食道蔓延下去，仿佛要窒息一般。寿司的美味，完全转换成孩子的笑脸，毫无保留地表达了出来。

母亲再往白饭上放了一片白色的食材递给孩子。孩子伸手准备拿起享用时，却感到有一股令人害怕的气味掠过，孩子踌躇了一下，不过害怕的神情只是淡淡地掠过了孩子的脸，随即勇敢地把寿司塞进了嘴里。

白色通透的食材，在嘴里咀嚼后却变成了高雅甜美的味道，通过孩子细小的咽喉流动而去。

"刚才那个确实是真正的鱼肉,我竟然能吃鱼了……"

察觉到这件事后,孩子首次感受到一种咬活的食物的征服感。他突然有了一种冲动,想让周围的一切都看到自己的喜悦。

"嘻嘻嘻嘻嘻……"

孩子忍不住大笑了起来。而在一旁坐着的母亲,也感到了孩子的喜悦,缓缓地将手指上沾着的饭粒一点点拭落,接着像是不想让孩子看到蚊帐里的食材一样,母亲挡住孩子的视线往蚊帐里看了一眼后说道:

"那么,接下来该吃什么好呢……我来看看……还有没有食物可以捏……"

听到母亲的话,孩子惊慌地大叫:

"寿司!我还要吃寿司!"

母亲极力地压抑着内心的兴奋之情,故意露出一种恍然惊呆的神情……这也是孩子最喜欢的母亲的神情,一张美得终生难忘的脸。

"既然这样的话,接下来就按照客人的要求,让我们来捏下一个寿司。"

像第一次一样,母亲将粉色的手靠近孩子面前,再次如魔术师般翻飞着双手,开始捏起寿司来。这一次同样又是一个白色鱼肉的寿司。

母亲为了孩子能够接受，最初都是选了一些没有腥味的鱼肉，也就是鲷鱼和比目鱼。

母亲把捏好的寿司放在托盘上，孩子伸出手来一个接一个抓起，迫不及待地吃下肚。母亲和孩子都一心一意地沉醉在做与吃循环往复的过程中。五六个寿司就这样被捏好，继而被拿起，然后被吃掉……一连串的过程形成了非常有趣的节奏。

非专家的母亲捏的寿司大小都不一样，形状也不统一。寿司躺在餐盘上，不是呈倒塌状就是白饭上面的食材滚落下来。但这样的寿司，对小孩来说反而更能感受到母亲的爱。孩子平常在私底下偷偷呼唤的那个母亲，已经和眼前正在捏寿司的这个母亲渐渐重叠，最终变成同一个人。虽然内心很希望两个母亲能够合而为一，但如果真的合而为一又反而会感到害怕。

自己平时在偷偷呼唤着的母亲，其实就是眼前这位吧？但如果真是眼前这位做了这么好吃的寿司给自己的母亲，那么自己偷偷将心转移别的母亲身上，真是很抱歉。

"好吧，今天就到这里吧。你真的吃了不少呢。"

母亲用沾有饭粒的粉色的手轻抚着孩子的头，看起来心情非常愉悦。

在这之后孩子又吃了五六次母亲亲手捏的寿司，已经完全习惯了这个味道。

不论是像石榴花般的赤贝肉，还是身上有两道银色的针鱼，孩子竟也都能吃惯了。再往后来，即使是平常所吃的饭菜和鱼，孩子也可以慢慢地当作配菜来吃了。身体也变得和以前完全不同，越来越健康。进中学时，已经成长为一个让人忍不住想回头再看一眼的俊朗少年。

不可思议的是，原本对孩子冷淡的父亲，突然对少年产生了兴趣。不仅会在晚饭时跟孩子一起对饮，还会带孩子去玩撞球，甚至是去茶屋喝酒。

然而这一段时间，家道也渐渐衰落。父亲看到儿子穿着深蓝掺白的和服，举着酒杯啜饮的样子，不由得为之陶然，想象着儿子将来被女人宠爱的画面。

当儿子长到十六七岁时，就已经完全变成一位沉溺酒色的浪子。

看着辛苦养大的儿子，因受父亲的影响变得放浪，母亲心里感到非常愤恨。对于这样的母亲，父亲只是沉默着，苦笑以对。儿子在一旁也只能感到无奈，父母不过是借此争吵来宣泄家道衰落所郁积的苦闷。

儿子在上学的时候，就一直是一个理解力强、学业优秀的学生。上中学时，他即使不去费什么功夫，读书也能取得很好的成绩。就这样，他轻易地从高中升入了大学。虽然迄今为止的事情都非常顺利，他内心却潜藏着阴郁，即使很想让自己安下心来，却始终找不到方法。就在长久的忧郁和乏味的游乐之中，他从大学毕业并得到了一份自己的工作。

到了这个时候，他的家道已经完全衰落，父母兄姐也相继去世。而他因为头脑好，不论去到哪里都被重用，但不知为何他对复兴家业或升官发财完全提不起兴趣。当第二任妻子也过世之后，也就是他将近五十岁的时候，因小小的投机赚了不少钱，后半辈子即使独自生活也不会有什么大的问题，因此他就辞去工作，开始了居无定所的流浪生活。

"我刚刚所讲的故事中，开始称为孩子，后来又称为儿子的人其实就是我。"

凑先生在讲完故事之后，对知代坦白。

"原来是这样啊，所以老师才会那么喜欢寿司啊。"

"也不完全是这样吧，其实我长大后就没有那么喜欢吃寿司了，但可能是上了年纪的缘故吧，开始常常想起母亲，就连这寿司也变得让人怀念起来。"

两人坐在医院被烧毁后的空地上，那里有一个已经老朽了的藤架，如荆棘般的藤蔓从空中向地上蔓延，藤蔓的尖端处仍可见长满了嫩叶，其间还能看见像水滴般垂下的紫色花蕾。在庭院景石的旁边，浓郁的杜鹃盛开在石子被搬走的洞穴上，半边残留着被火烧过的枯黑树枝，另一半边却开着白色的花朵。

庭院边缘的断崖下面，是电车行驶的铁道，有时还会传来一阵电车驶过的轰隆声。

两人身旁的一棵棕榈树的树影渐渐倾斜。知代买的放在一旁竹笼里的金袄子也开始一声、两声地鸣叫起来。

两人在夕阳之下，相对着笑了起来。

"呀，都已经这么晚了，小代你得赶紧回家了。"

知代拿起装着金袄子的竹笼站了起来，凑先生则将自己所买的骷髅鱼也递给了知代。

从那之后，凑先生再也不曾出现在福寿司店里。

"最近都没见凑先生过来啊。"

开始的时候，店里的客人还猜测凑先生的行踪，但没过多久也就渐渐遗忘了。

回想起来，知代很后悔当初没能问清楚凑先生居住的公寓住址，不能主动去拜访。知代只能偶尔到医院被烧毁的空地处发呆，或是坐在石头上想着凑先生，有时眼眶中还涌出泪水，接着再茫然地走回店里。不过没过多久，知代也停止了这种举动。

至于最近，知代想起凑先生时，只是漠然地想着。

"老师大概是搬走了，他现在应该在光顾着别的寿司店吧，毕竟寿司店到处都有啊……"

# 告诉你

非常希望每一个孤单的行路人身边都能有一家温暖人心的寿司店,能安放下他们所有的焦虑和疲惫。每个人都是世上的漂萍,而每一叶漂萍生存的意义就是在人生之河上寻找到一个浮游的方向。寿司店老板的女儿知代理解父亲的使命,也知晓人间的悲凉,然而她仍旧不知道自己究竟要去向何方。

其实人的方向并没有对错之分,只在于你真正喜欢什么、相信什么。孤单的凑先生在自己起伏的一生里其实得到了很丰厚的爱,但是这仍然改变不了他最终四处漂泊的命运。然而他的生命里拥有一枚无论何时都能安慰他的寿司,让他不畏惧,不怀疑。人和动物最大的区别是——动物只知道依据环境来做出改变,人却可以通过信念做出抉择。相信的力量能让人的一生改变,能让荒芜的灰烬繁花盛开。相信的力量也能让你不畏惧孤独,拥有爱的能力。

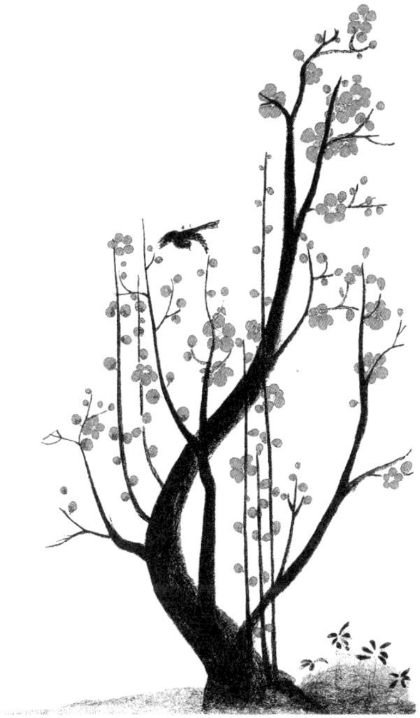

# 相爱的人也是孤独的

《夫妇善哉》织田作之助

所谓世间 那就是你

 

种吉家整年都有人上门讨债，每天都好像岁末还款的日子一般，酱油店、油店、蔬菜店、鱼店、干货行、炭屋、米店、房东及其他轮番上门追讨。小贩种吉在小巷入口处炸着牛蒡、莲藕、番薯、三叶、蒟蒻、红嫩姜、鱿鱼、沙丁鱼等，靠着"一钱天妇罗"营生，每次看到有人上门讨债，他就会低下头假装揉面团。

附近的孩子在一旁喊道："大叔，给我炸一份牛蒡！"

等了好久才听见种吉回应着："来了！现在马上炸给你！"种吉搅拌着磨钵的底，连鼻涕滴了下来都没察觉。

讨债的人知道找种吉没用，几乎所有人都无视种吉的存在，径自往小巷里，直接找种吉的太太谈判。

太太阿辰和种吉个性完全不同，她精明地打量着讨债人的举止。当上门的人大摇大摆走进来一屁股坐下，不耐烦地敲着地板时，阿辰逮住机会说道："在别人家里任意敲打地板，您说这像

相爱的人也是孤独的

话吗？"随后，不客气地睥睨着对方："这里可是寄宿着家里的神明啊。"

不知是阿辰内心打着演戏的算盘，还是原本就情绪亢奋，那声音听起来竟有些哽咽。

对方因阿辰突如其来的举动而受到惊吓："你在胡说些什么，我可绝不会空手而归的。"

双方只好重新展开交涉。就这样你来我往后，常常是阿辰斗输了，对方坚持不空手而回，阿辰只好咬紧牙关还了五十钱或一日元。

虽然情况大多如此，但有一次当阿辰对对方敲打地板的行为提出抗议时，对方一时找不到借口回话，只好起身低头向阿辰道歉，然后灰溜溜地离开了。

等到讨债的人走了，都是女儿蝶子来听母亲的"抱怨"。

在蝶子看来，母亲的模样，让人觉得羞愧的同时又让人心生同情。同时，她也不由得对于自己央求母亲买零食，还有从装卖天妇罗所得零钱的箱子里偷拿硬币的行为，暗自感到愧疚。

种吉的天妇罗因味道好一直卖得不错，但不知为什么一直在做赔本的生意。不论是莲藕还是蒟蒻，食材都切得很厚，连阿辰都觉得不划算。种吉在做生意的盘算上，认定"本钱才七厘，卖到一钱肯定不会赔本"。他认为家里之所以没钱是之前累积的借款太多，才会将每天做生意的收入都消耗掉。种吉说的话听来似乎有理，但十二岁的蝶子知道父亲的算盘里根本没有算进炭火钱和酱油钱。

光靠卖天妇罗实在难以维持生计，所以每当附近有葬礼时，种吉都会去充当抬棺的轿夫以赚点零钱。到了夏日的氏神祭时，穿着泳衣去抬神社的大灯笼，一天可赚九十钱。如果能再穿上盔甲会再多三十钱。当种吉不在家时，就由阿辰来炸天妇罗，阿辰会精打细算以节约材料钱。祭典当日，阿辰偶然看见种吉穿着盔甲经过自家店面，盔甲下滴落了许多汗水，种吉觉得很没面子。

因为家里实在太穷，蝶子小学毕业后就被送去别人家当帮佣了。河童横町一家木材店的老板提出了优沃的条件想让蝶子去木材店做帮工，阿辰当时心里着实高兴了一阵，但仔细一想，对方肯定打着将来纳蝶子为妾的主意。种吉死活不同意，最后把蝶子送到日本桥三丁目一家条件恶劣的旧服装店工作。

河童横町据说因以前曾有河童栖息于此而得名。木材店的祖先廉价买下这块人人敬而远之的土地，后来盖了房子出租，现在因收取高额的房租而攒了些钱。人们都在背后议论说木材店老板就是河童，也可能是因为木材店老板有好几个小妾，吸取着年轻气血的原因吧。眼看着蝶子长得亭亭玉立，五官小巧端正，还有

相爱的人也是孤独的

些胖乎乎的，也难怪木材店老板觊觎。

转眼，蝶子在日本桥的旧服装店已过了半年多，某个冬天早晨，种吉要到黑门市场采买，市场离三丁目不远，种吉就故意绕道到旧服装店去看女儿。当看到双手红肿甚至渗着血丝的女儿正在店前打扫的时候，种吉当场把蝶子带回了家。过了不久，在蝶子的要求下，种吉又把她带到了曾根崎新地的茶屋，让她去学艺，将来成为艺伎。

正好，这段日子种吉的手里有了五十日元现金的进账，这是种吉第一次收这么大一笔钱。眼看这笔钱也会因之前的借款而消失，原本就没想安闲度日的他，心里就想要为女儿花销一笔。让十七岁的蝶子当艺伎，本来就让种吉感到有些狼狈，然而女儿总算是安定下来了。种吉还想再隆重庆祝一下，但是总不能边发天妇罗边告知大家吧？要想庆祝还得费心准备贺礼、衣服、各式礼品等，实在劳心劳力，更何况去当艺伎本身的花费也不小。如果有雇主愿意出资赞助蝶子的话另当别论，但这等于借钱，会限制蝶子的未来，思来想去，种吉最终放弃了庆祝的想法。个性开朗的蝶子对艺伎环境心存向往，竟一直哀求着父亲，种吉别无他法，只好如她的愿。

蝶子的状况与那些为了供养父母而不得已去做艺伎的女孩们不一样，但是总有一些客人认为她来当艺伎肯定是因为家里有状况，于是劈头就问："一定是因为你父亲……"

这些客人都认为，蝶子家不是父亲爱赌博，就是田地被人骗了，通常他们都会投来同情的目光。但这一点不符合蝶子的家庭环境和个性。如果哭诉着说，父亲根本反对我当艺伎，差点就要断绝父女关系，这样肯定是不行的。她只好岔开话题："我的父亲可是像您一样帅气呢。"这种做法虽然不好，但由蝶子口中说出，反而有一种娇媚之姿，惹得客人垂怜。

蝶子对自己的歌声很自信，不论在什么场合都能拉开嗓子尽情高歌，咽喉和额头浮现青筋，拉门也被震得微微作响。她的歌声十分受客人欢迎，是使座席间充满开朗气氛不可缺少的舞娘。但蝶子只对一位客人说起过自己的家庭和当艺伎的原因，就是廉价化妆品批发商的儿子。

这个男人叫维康柳吉，三十一岁，有太太，还有一个今年已四岁大的孩子。柳吉现在正代替中风卧床的父亲为生意四处奔走，据说买卖的商品有理发店的香皂、刮胡霜、腮红、发蜡、美颜水、去头皮屑油等。他每次去理发店刮胡子，一定会注意店家使用的化妆品商标。有一天，正在给位于种吉家附近梅田新道的小盘商送货的柳吉，与休息在家的蝶子不期而遇。穿着厚织衣的柳吉取下夹在耳朵上的笔，在账簿上迅速书写，过一会儿又把笔叼在嘴里开始打起算盘，看起来利落干练。两人突然视线交会，蝶子的耳根都红了，柳吉则装作一副若无其事的样子，不时地偷瞄蝶子。这让他看起来很是个彬彬有礼的人。柳吉有轻微的口吃，在讲事情时脸会朝上，有点想含混过关的模样，然而在蝶子看来，这却是柳吉成熟稳重的表现。

他们初次见面三个月后，就成了情人的关系。流言也如同两人的感情一样快速飞涨，偷情的事也自然让事业上刚刚独立的柳吉形象受损。蝶子跟很多人说起过心中的感情，很快蝶子的心里话成了人们茶余饭后乐于谈论的"秘密"，毕竟谣言总为人们所爱。柳吉喝醉之后喜欢唱一段净琉璃，这样的丑态被人们看见之后更加确定谣言果然为真。因柳吉喜爱夜店卖二钱的味噌猪皮烧，甚至被取了"猪皮烧"的绰号。

柳吉十分热衷美食，时常带蝶子去"好吃的店"。据他的说法，北边没有好吃的店，好吃的店都集中在南边，而且，高档店家的饭也都不是很好吃，讲难听一点根本浪费钱，如果真的想吃美味的食物，"跟着我就对了……"但尾随其后，进去的都不是一流的店，顶多是高津的汤豆腐屋，下面的夜店有猪皮烧、粕馒头，戎桥筋SOGO百货旁"汁市"的泥鳅汤和鲸皮汤，道顿堀相合桥东边"出云屋"的鳗鱼，日本桥"章鱼梅"的章鱼，法善寺内"正弁丹吾亭"的关东煮，千日前常盘座旁"寿司舍"的铁火卷及鲷皮醋味噌，对面"达磨屋"的什锦饭和糠汤等，都是一些花不了几个钱的庶民料理，根本不是专程带艺伎去光顾的像样店家。一开始蝶子也想过怎么总带我到这种地方，但听着他说："怎……怎么样，很好吃吧，这……这么好吃的东西只有这里才吃得到啊！"蝶子也渐渐觉得美味起来。

路上行人摩肩接踵，有时会因不小心而被粗暴地踩踏到足袋，然后发出大声的尖叫，看着这样的场景，反而激发了两人的食欲。四处游走吃着这些庶民料理，也变成了令人愉悦的事情。即使是挤进比肩而坐的客人之间，也无损于北方新地艺伎的身份。虽然柳吉带蝶子去吃的都是些便宜的料理，但是从身上穿的外衣、腰带、长襦袢到腰带绳、腰垂饰、草鞋，这些都是柳吉花钱买给蝶子的，当然没什么理由嫌对方小气。蝶子还经常收到对方送来的乳液、去头皮屑油等，一开始用得还不太习惯，后来渐渐爱用。父亲如今依然靠着"一钱天妇罗"辛苦赚钱，和柳吉悄悄出游时，蝶子跟随在柳吉后面走着走着，会偶尔想起父亲沾满油的手，然后就渐渐变得感伤起来。

新世界有两家，千日前有一家，道顿堀的中座对面和相合桥东边也各有一家，在这五家鳗鱼料理当中，以相合桥东边的店家和出云屋的鳗鱼饭滋味最佳。酱汁刚好渗入白饭，非常美味。

"怎么样，很适合下酒吧！"

两人嘟起嘴吹了吹，一起满足地填饱肚子，再到法善寺的"花月"去听桂春团治[1]的落语,一起开怀窃笑,握着的手心里也不由冒汗。

深入交往后,两人外出的次数愈加频繁,有时甚至一起远游。不久后柳吉手头变紧,蝶子也终于察觉到了这一点。

父亲中风卧床时,亦不忘将银行的存折和印章藏在被褥下,这让柳吉有些束手无策。能自由支配的钱毕竟有限,只好四处到理发店里收些理发的钱来勉强过日子,眼看着生活愈来愈不尽人意,柳吉的脸色有些发白。

就在这时,蝶子送了一双男式草履给柳吉,附上的信里写道:"您好久没来了,人家很担心。想跟您见面谈谈……"

柳吉看懂了蝶子想要"见面谈谈"的话外音。但这封信不知怎的传到了父亲的床褥,柳吉被叫到父亲枕边。怎么说都不听劝,父亲终于死心,不由得泪水直流,大发雷霆:"我这次一定要把你打醒,只恨我的身体已没有这样的力气。"

柳吉的太太把才五岁大的女孩抱在膝上,不肯抬头看柳吉一眼。她内心已打定主意回娘家,只是忍着不发出怨气罢了。丧气的柳吉在心里抱怨蝶子,都怪蝶子爱出风头。但却没有因此而生蝶子的气。那双草履可是蝶子想尽办法才买来的,上面印着戎桥

---

[1] 桂春团治:日本有名的古典落语家。

的"天狗"商标,夹带还是蛇皮做的。

父亲气得说:"别以为火炉下的炭灰也是你的,我跟你断绝父子关系……"

柳吉并没有把父亲的话当真,毕竟父亲顽固得就连母亲在世时也被气得大哭。看来只好暂时离家避避风头,否则情况无法收拾。一出家门才想起,东京还有许多地方未收款,算一算应该也有四五百日元,心里的乌云顿时散去。于是柳吉立即前往常去的茶屋,把蝶子找来,告知一切后,邀蝶子一起私奔。

隔天,柳吉在梅田车站等候,日正当午,蝶子大摇大摆地穿越车站前的广场而来,眼镜夹着头发,风尘仆仆,柳吉倏地升起一股不好的感觉。接着两人迅速搭上前往东京的火车。

八月底的东京异常湿热,二人在街头四处奔走,趁离月底还有两三天的时间收了三百日元左右的款项,就这么直接去了热海。原来打算要请温泉艺伎来表演,但被蝶子驳斥回去了。想到今后两人的未来,蝶子的心情也跟着一沉。反而是被父亲断了父子关系的柳吉,倒是一副无所谓的模样。暗忖着反正只要道个歉就能回家去,有什么大不了的呢?男人无视蝶子内心因为擅自离开雇主而可能丢掉工作的不安。最后两人还是请来了温泉的艺伎,在艺伎表演的时候,蝶子也加入其中。蝶子轻轻松松的表演立刻让东京本地的艺伎相形见绌。表演结束时,当地的艺伎对蝶子赞不绝口:"我们比不上大阪的艺伎。"这让蝶子的心稍稍获得了安慰。

两天后,中午时分突然响起奇怪的声响,紧接着是一阵激烈的摇晃。

"地震!""是地震!"叫喊声此起彼落。蝶子虽然抓住了格子纸门,腰却突然软了,尖叫着坐在地上。柳吉抓紧相反方向的墙壁无法动弹,也开不了口。一瞬间两人都为私奔的决定而感到后悔了。

在逃难的列车上两人根本无心交谈。终于抵达梅田车站后,两人直驱上盐町的种吉家。一路上许多电线杆上都贴着关东大地震的号外报道。

在夕阳下炸着天妇罗的种吉看到蝶子和柳吉两个人现身,惊讶到说不出话来,被晒黑的脸上,汗水夹着泪水一起落下。

站着交谈一会儿后,蝶子才知道种吉事后就从雇主口中得知自己失踪的事。种吉当时并不知道蝶子人在哪里又过得如何,他一度还怀疑蝶子是被什么坏人骗走,然后被卖到别的地方,甚至害怕蝶子会有生命危险。这些日子来,他夜里一直都无法安心入睡。

听到父亲说起担心自己被坏人骗了的时候,蝶子向父亲介绍一旁正用扇子扇风的柳吉,"就是这个男人。"

"喔,欢迎光临寒舍。"种吉只说了这句话,然后也不正眼看柳吉,径自摸东摸西。

阿辰看到女儿的脸时，立即用浴衣的袖子盖住脸。停止哭泣后，一边和柳吉打招呼一边说道："小女多亏您的照顾……蝶子的弟弟信一刚升上小学四年级，今天还没放学。"

不知如何应对的柳吉，带着口吃说着天气的事。种吉则去买冰水了。

苍蝇飞来飞去的四叠间[1]一点都不通风，甚至可以听到静静的闷热暑声。种吉提着装了草莓冰的箱子回到家，大家只是默默地啜着冰水。不久蝶子终于开口说道，两个人刚从东京回来。

种吉诧异地回："很混乱吧，东京居然发生了大地震。"也因此打开了话题。听到两人紧急搭上了避难列车逃回来，父亲同情着两人的遭遇，开口安慰道："一路上肯定很辛苦吧！"

两个年轻人，尤其是柳吉才终于松了一口气："我真的不知道应该怎么道歉才好。"

柳吉突然流畅地开口说出这句话，让种吉和阿辰感到一阵惶恐。

借了母亲的浴衣换上后，蝶子暗下决心，既然都不告而别了，就不打算再回到雇主处继续当艺伎了，她打算和无法踏入家门的柳吉一起生活。

---

[1] 四叠间：即四叠大的房间，一叠约 1.5 平方米，四叠即为 6 平方米。

"我不打算再当艺伎了。"

"你喜欢怎么做就依你吧。"听了蝶子的话,种吉回答道。蝶子欠雇主的借款还有三百日元,种吉暗中决定要每个月帮忙还钱。

"我回去求父亲帮忙还债吧。"柳吉也无法沉默地开口回道。

"这可让我很过意不去。"种吉听了只是摇摇手,"害你父亲为难,今后我根本不知道拿什么脸见他。"

柳吉对此没有异议。

阿辰对着柳吉说:"蝶子从小除了麻疹外,连感冒都没得过,而且全身没有一处伤痕,我们这么辛苦把她养大……"

阿辰一开口说话,眼泪也跟着流个不停,柳吉听了却不由得感到刺耳。

两人在狭窄的种吉家无所事事度过了两三天后,柳吉想这样下去也不是办法,于是到黑门市场的小巷弄里租了间位于二楼的屋子过起了日子。一楼住的是做装便当及寿司的饭盒的工人,二楼的六叠间原本也堆满了饭盒,房东以每月七日元的预付金将二楼的房间租给了柳吉。但两人的生活很快就陷入了困境。

柳吉因为没有工作,自然得由蝶子先撑起家计,既然决定不再当艺伎,能赚钱的方式只有去做酒席上的雇仲居[1],然而这样能

---

[1] 雇仲居:以阪神地方为中心的西日本特有的女服务员的一种,同时负责餐饮服务和歌舞表演,收费比普通艺人要低。

赚到的钱也很有限。在北方新地曾有一位同为艺伎的前辈阿金，在高津开了一间专门为艺伎联系工作的中介所。所谓的雇仲居就是临时雇用的歌舞女招待，到宴会或婚宴场合帮忙。这种宴会通常比起艺伎的豪华花宴便宜很多，所以价钱低的雇仲居自然成了雇佣的最佳选择。阿金于是联络了几个曾是艺伎的人，派遣她们到宴会场工作，从而从中抽取佣金，赚取了不少钱，现在甚至装了一台电话。一场宴会从黄昏到深夜所能得到的薪水是六日元，再抽掉中介费，雇仲居一天只能赚三日元五十钱；婚礼的场合帮忙主持可再赚六日元；如果再加上谢礼，收入也不算坏。

听到阿金这么说，蝶子立即决定加入。她提着装了三味线[1]的小型行李箱搭电车前往指定的地点，开始帮饮食部端食物及热清酒。面对三四十位客人的服务量，只雇了三个艺伎工作，光是跑遍全场替所有人斟酒就已是件苦差事，此外还有更多辛苦的事要做。对于支付固定的会费就打算享尽好处的坏心客人，艺伎们还没喘口气就得弹琴又唱歌，配合浪花节[2]的三味线又唱又跳，

---

[1] 三味线：日本传统弦乐器，与中国的三弦相近。

[2] 浪花节：日本的一种大众曲艺，江户末期在大坂发展起来的一种三弦伴奏的民间说唱歌曲，以通俗易懂的曲调说唱故事。类似中国的弹词。

一刻不能休息，还被指定得跳安来节[1]。即使如此，性格开朗的蝶子也并不以为苦，仍在努力配合。有客人甚至觉得她们做雇仲居要比店里真正的艺伎挣得多。这番话还是让蝶子感到有些委屈，尤其这种宴会里会有一些年龄比较大的同行，为了能在宴会结束之前收到更多的小费，会扮成年轻女郎去回应客人，这让同为雇仲居的蝶子在内心里不得不为这些人的命运叹息。深夜，蝶子搭乘电车回家。在日本桥一丁目下车，这个时候只有流浪狗和街友在翻着垃圾桶，街头几乎空无一人。静谧的夜晚，蝶子一个人走过空荡的长街，经过飘散着鱼腥味、臭气熏天的黑门市场，拐进后面的小巷，巷口却传来了诱人的香味。

应该是正在炖煮山椒海带的味道，柳吉奢侈地将上等的海带切成五等分四方形大小，和山椒籽一起丢进锅子里，倒入满满的龟甲万酱油，以松炭的文火炖煮两天两夜，和戎桥"小仓屋"卖的山椒海带味道几乎一样。柳吉说，昨天为了找事做，煮了这道菜。重要的是不能让火熄灭，然后得时时翻搅，故今天也足不出户，平常一天的一日元零用钱也省了下来。

一看到蝶子回来，柳吉立即招呼："怎么样，你来看看，煮得恰到好处吧？"

---

[1] 安来节：岛根县出云地方的民谣。

手拿长筷子搅着锅里。蝶子对于这样的柳吉心里暗自怀着爱恋，但因个性而无法表现甜美的态度。她顺了和服的长袖，放在长褥的膝上，一坐下来便开口说道："什么啊，还在煮啊，闲着没事做，花这么长的时间干什么呢？"

柳吉把二十岁的蝶子叫"欧巴桑"，"欧巴桑，我的零用钱不够啊。"

之后就会有人看到柳吉手里握着三日元，白天去下将棋打发时间，夜里到二井户名叫"小哥"的便宜咖啡店去，摸摸女侍的手，然后跟女侍闲聊："跟我一起唱几句怎么样？"

阿辰知道了觉得蝶子很可怜，不由得对种吉诉苦，但种吉却一点也没有怪柳吉的意思，反而很同情他："没办法，人家是公子哥出身啊。把老婆和孩子丢下，跑来住在二楼的破旧房子里，再怎么说都要怪蝶子不好啊。"

蝶子很高兴听到父亲这么护着柳吉，觉得自己的辛苦也算值了。

蝶子对柳吉说："我的父亲很了不起吧？"

"嗯。"不知道柳吉是否这么想，他只是不经意地回答了一声，一脸不知在想什么的表情。

眼看岁末将近，在一片忙碌中，有一天柳吉开口说道，要回家拿正月拜年时用的附有家纹的和服，于是出门去了梅田新道的

相爱的人也是孤独的

家。蝶子感觉被泼了冷水,却说不出"不准去"。当天夜里有宴会的工作,蝶子如往常那样提着装了三味线的行李箱准备出门时,突然觉得心情沉重。柳吉只是回老家拿有家纹的和服,这么小的事却让蝶子不由得在意。因为柳吉的家里有妻子也有小孩。

今天三味线的声音很隐晦沉重,但她还是以震动着纸门的嗓音高歌。终于到了宴会结束的时候,蝶子踏着雪道疾步回家,这时柳吉已经回来了。他坐在火钵前取暖,因酒而染红的脸几乎快要贴到炉火,只是发呆坐着,看来一副垂头丧气的模样。蝶子松了一口气。

柳吉告诉蝶子,他回到家里,父亲一看到柳吉的身影,躺在床上就大骂:"你还回来做什么?"柳吉的妻子已迁了户籍回娘家去了,他们的女儿由柳吉刚满十八岁的妹妹笔子代为照顾。柳吉甚至连孩子的面都没能见到。听说他和蝶子住在一起,柳吉的父亲发怒了,准确地说是嘲笑了柳吉,而且还说了好些针对蝶子的难听的话。

蝶子无奈地说:"说我的坏话我能理解。"在内心却对着柳吉的父亲暗暗发誓,我一定尽我一己之力让柳吉成为独当一面的人,看着吧。也像是说给自己听:"我没想要取代之前的太太的位置,只是希望维康能成为独当一面出人头地的男人。"这么想有种催泪的快感。如此壮烈的心情加上柳吉回到家的喜悦,当天夜晚蝶子亢奋难眠，睁着炯炯有神的双眼，瞪着低矮的天花板。

很久以前蝶子就有在小册上记账的习惯，菠菜三钱、澡堂三钱、厕所纸四钱等，把每天的收支都写进去。两个人一起生活后，除了柳吉每天的零用钱外，蝶子谨慎不乱花钱，把做雇佣居赚来的一半钱都存起来，因此也对存钱一事更为在意。即使是一钱二钱的小钱也很珍惜，连内领都用到年久积垢。正月打算进材料的种吉，因为没钱进货而来央求蝶子，蝶子却对父亲说："我可没有钱啊。"种吉走后阿辰也上门问："那你怎么有钱让维康去咖啡店啊。"蝶子还是没答应给钱。

过年后，松内[1]也转眼而过。知道真的断绝了父子关系后，柳吉沮丧的模样让人看了于心不忍。何况，他还惦记着女儿。即使蝶子建议，柳吉仍没有硬把孩子抢过来的打算，心里暗自怀着总有一天能回去的希望。但和孩子分别依然让人感到寂寞，实在无法当成与自己无关之事。有一天，柳吉遇到以前的游伴，被对方一邀，加上原本他也喜欢饮酒作乐，于是就在别人的邀请下喝了个烂醉。当天夜里蝶子生气到不肯让他进门，翌日他却将蝶子偷存的钱都偷走，为了昨天的回礼将朋友叫出来，昏天暗地地喝了个够，两天就把钱都花光了，然后像没了魂一样踉跄地回到了

---

[1] 松内：正月装饰松树期间，通常指元旦到七日或十五日之间。

家门口。

"你还知道要回来啊。"说完蝶子抓着柳吉的颈子把他推倒在地,然后以捶肩的力道不断敲打他的头。

"欧巴桑,你快住手,不要再闹了。"柳吉嘴上这么说,却一点反抗的力气也使不出,两天的宿醉使柳吉的头都快裂开了。一拳打中卷着棉被念念叨叨的柳吉的脸后,蝶子就这么出了门。

蝶子想到千日前的爱进馆去听京山小圆[1]的浪花节,但一个人实在很无趣,一出店门才发觉这两三天几乎没有好好进食,突然感到很饿,于是到乐天地旁的自由轩吃了加蛋的咖哩饭。

"这……这里的咖哩饭,煮得可是恰……恰到好处,好吃得很!"边吃边想起柳吉曾经说过的话,又在饭后喝了杯咖啡,突然心里涌起一股甜蜜。悄悄回到家,看到柳吉打着呼睡觉,蝶子心生恶作剧之意,大力摇着柳吉,柳吉终于张开眼睛,蝶子说道"你这个傻瓜",然后嘟起嘴贴着柳吉的脸。

隔天两人再度前往自由轩,回程时还顺道去了一趟高津的阿金家,宛如一对恩爱的夫妻。知道实情的阿金替蝶子说了柳吉几句。阿金的先生以前在北滨呼风唤雨,娶了阿金续弦后,家道突然开始没落。阿金于是开始了现在的艺伎中介工作,先生也为了

---

[1] 京山小圆:浪曲师,本名吉田松吉。

雪耻到北滨的交易所当书记，夫妻俩一起工作，有了现在的生活，才没让人在背后指指点点，认为没落是阿金的关系，两人互相体谅配合。

"维康啊，你也不要光游手好闲，找地方劳动吧……"

柳吉只是面无表情地听着。维康的心里在想什么实在让人摸不透，后来阿金这么对蝶子说，让蝶子觉得很难堪。但不久后柳吉找到了工作，蝶子立即向阿金报告。虽然没有因此而感觉好很多，但依然让人高兴。

柳吉的工作是在千日前的"伊吕波牛肉店"旁的剃刀店当店员，从早上十点到夜晚十一点工作，便当自理，月薪二十五日元。接受此条件的话，朋友可以立即为柳吉介绍。柳吉虽不情愿却说不出口。因为对曾经贩卖过安全剃刀、刮刀、剪刀等理发相关物品的柳吉来说，这是最合适的工作吧，再加上是朋友特别为他找的，实在无法拒绝。

剃刀店的门口很狭窄，店内却异常狭长，白天阳光无法充分照射，又为了节省电费不开灯，柳吉白天在昏暗的店内捅着火钵里的炭灰，望着户外来往的人们，外头的光亮炫目得如同做梦一样。店的对面是公共厕所，散发的臭气让人难以忍受。毗邻的竹林寺，对着大门的右边是冰镇矿泉水的卖店，左侧也就是靠近公共厕所处是烤麻薯的卖店。涂了酱油烤成焦黄色的松松软软的麻薯，看起来很诱人，但让人提不起兴致想去买。柳吉回到家后说，烤麻薯的店老板夫妇，从公共厕所出来连手也不洗。柳吉的工作很轻松，窗里有个安全剃刀的广告人偶移动着身体磨着剃刀，路过的人看了觉得很有趣，不知不觉被吸引进门，此时柳吉只要上前招呼客人即可。这么简单的事。蝶子激励地说道："是啊，这不是很好嘛。"

柳吉在剃刀店坚持工作了三个月，总是和店主吵架，隔三差五地赌气休息。蝶子对柳吉不想工作的借口深信不疑，早上也就不再叫醒柳吉。就这样，柳吉自然而然地就辞去了工作。蝶子只好更努力当雇佣居赚钱。宴会的干事总认为应该给蝶子特别的谢礼，但谢礼通常是大家均分，虽然这样很不公平，但工作伙伴都很喜欢蝶子。大家蝶子长蝶子短地叫，心情好的蝶子有时会借给伙伴两三钱，但借了之后又开始后悔，因为无法开口催对方还钱，总是说些好话希望对方能读懂她的意思心甘情愿地还钱。渐渐地，往外借的已有五十钱，一想到这些蝶子就有些心痛，对柳吉却大方地给零用钱。柳吉每天都很无聊的样子，有时偷偷到梅田新道去，回来的时候却一副沮丧的模样，让蝶子也担心起来。似乎父亲的怒气未消，让柳吉感到忧郁。这件事与其说安心，倒不如说让蝶子的精神负担更大。因此，得知柳吉频繁光顾咖啡店，蝶子也尽量劝自己忍住内心的嫉妒。但默默地给钱时，内心却比外表看起来的要更为波动。

回到老家的柳吉前妻，据说因肺病死去，蝶子悄悄到法善寺参拜"结缘之神"，并点了蜡烛奉献。但后来睡醒时感到心慌，于是问了对方的戒名，在家中供奉。看到前妻的牌位在头顶上方，柳吉老觉得怪怪的，却也没有特别说些什么。不论说什么似乎都会带来麻烦，干脆什么都不说，也不曾在蝶子面前对着牌位参拜。蝶子每天早上都会换上鲜花，没有一天漏掉。

两年过后，存款终于超过了三百日元。蝶子想起当初当艺伎时的事，询问种吉钱是否都还清了。"你放心，都还了。"还把借据拿出来给蝶子看。蝶子知道，母亲阿辰在赛璐珞人偶店兼差，弟弟信一在卖晚报，收入微薄可想而知，一想到他们到底是如何筹到债款的，眼眶不由得泛红。因而第一次主动给弟弟五十钱、阿辰三日元、种吉五日元。这么一来存款刚好剩下三百日元。后来柳吉找艺伎寻欢作乐又花掉了一百日元左右，只剩下两百日元。

蝶子完全没心情哭。坐在灯也不开的昏暗屋子里，抱着胳膊喘着粗气，只是盯着纸拉门上的破洞看。柳吉回来后也不在乎被艺伎用三味线拨弄伤的玩乐痕迹，恣意翻来滚去。

生活上的节约已是极限，为了尽早再挣回那一百日元，蝶子绞尽脑汁。作为赚钱道具的衣服破旧到不能看了，才会拿去重染，再来就是季节变迁时，每每进出当铺想办法度日，还经常被服装

相爱的人也是孤独的

店的老板调侃,半年的时间,总算是又存到了三百日元。就这么一直借住二楼的小房间也会被人看不起吧,至少租间店面做个什么烤番薯的生意也好,蝶子和柳吉商量,柳吉依然毫不经意地说:"说的也有理。"

可是,到了第二天,柳吉突然开始默默地行动,在高津神社坡下租了房子,房子的大小是横宽一间、纵深三间半。他雇用了木工施工两天,自己也一起动手改造,再拿出原来经商时的经验和人脉,进了剃刀及各式物品在店内委托贩卖,新的剃刀店转瞬间开张了。从安全剃刀的更换刀刃、挖耳勺、头梳、拔鼻毛器、指甲刀等小用具到皮革、升降转盘、西洋剃刀等商品都卖,连从澡堂回家的客人也奉为上客,毕竟店的正对面就是澡堂,心思之纤细让蝶子也不由得佩服。开店前一天职场的雇仲居同事们送了祝贺的挂钟来,蝶子不由得兴奋地提高嗓音:"欢迎欢迎!"接着夸赞柳吉说:"都是外子细心张罗的啊!"看到将袖子挽起,正擦拭着陈列架的柳吉,一点也没有大男人的样子,女人们直佩服:"维康先生认真起来还真的是勤劳啊。"

开店的早晨,正打算绑头巾的蝶子在店里坐了下来。正值中午时分,柳吉有点担心地说:"都没客人上门啊。"蝶子什么都没说,径自张大眼睛盯着大街上来来往往的过路人。中午过后,终于有客人上门买了一片安全刀片,有了六钱的收入。"感谢惠顾！""还请再次关照！"夫妻两人的贴心服务甚至让人有点喘不过气。不知道是因为没人气还是因为是新的店家，当天只有十五个客人上门，而且都只买了刀片，整天的收入算算还不到二日元。

过了几天，客人还是不多，如果能卖出一把吉列刮胡刀就好了，但大多数上门的客人不是买挖耳勺就是买刀片等小东西，连日来收入都没什么起色。话题好像也说尽了，两人无趣地对望，更加觉得百无聊赖。实在太无聊，柳吉说白天想花一到两小时去练习净琉璃，蝶子也无心阻止。以前无所事事的时候，其实随时都可以去学的，但心中总有所顾忌，到了开始做生意才开口。想到柳吉的这份心情，蝶子觉得有些悲哀。

柳吉拜附近下寺町的竹本组升为师，每个月付学费五日元当学徒，然后到二井户的天牛书店去搜寻学艺的古书，每天就这么晃出门。虽然开始做生意，客人不上门实在也没辙，但看店时也把学艺古书就这么摊开，发出孱弱的练习声，那发音实在难听，就连想要夸他的心情也没有。每天就这么吃老本度日，蝶子只好再出门做起了雇仲居。再度复出的夜晚，蝶子心有所感，原来劳碌命就是这么回事啊。在宴会的场合当然得以客人优先，当一个人得撑全场时，突然失去了在人前助兴的心情。傍晚当蝶子出门后，柳吉也早早关了店，到二井户市场里的小店吃什锦饭和咸酱

相爱的人也是孤独的

汤，再配点醋味噌乌贝下酒，结账时共六十五钱。柳吉说真便宜啊，接着又去咖啡店"一番"点啤酒和水果，再装阔绰给女侍小费，十天的营业额就这么没了。虽说靠着做雇佣居的收入勉强能维持生计，但因为柳吉乱花钱，就连进货的借款也被一下子花完，苦撑了一年之后，蝶子终究还是选择收手，所幸还有人肯接手，才干脆地把店关上。

在店关门的前两天，降价拍卖店内物品有了一百多日元的收入，再加上店的转让金一百二十日元，总共有两百二十多日元的现款，但进货的借款加上其他乱七八糟的欠款，付完后只剩下不到十日元。

要再租之前的二楼房间得先付房租，正当他们束手无策、东问西问时，所幸出入阿金那里的服装店的行脚商突然说起："我家二楼空着，蝶子小姐要住的话，房租什么时候付都没关系。"于是就租了飞田大门前大街小巷的二楼房间。柳吉依然外出练习净琉璃，在附近一家挂着赤暖帘、一杯咖啡五钱的咖啡店待上几小时，无所事事打发时间。而蝶子一收到中介所的呼叫，不论雨天或下雪天都不辞辛劳出门赚钱，已经是雇佣居中的老手。假如组成劳工团体的话，蝶子肯定能马上受托当上干事，因为就连年长的伙伴也要称她一声蝶子大姐，不过这也没什么可得意的。蝶子的衣袖已经磨损到令人羞愧的程度，她很想要换件新的衣服，而且楼下还刚好是服装卖场,不买一件铭仙[1]实在说不过去,但还是忍耐着努力存钱。同时,蝶子心想,总有一天要重新开一家店,毕竟还有父母的恩情需要偿还,蝶子希望实现这小小的心愿。

过了三年终于存到了两百日元。因柳吉肠胃不好,时常得去看医生,又花了不少医药费,让人恨得牙痒痒,实在存不到什么钱。等到有了两百日元时,蝶子又跟柳吉商量:"有没有什么好生意可做啊?"柳吉这次依然不感兴趣,只是回道:"光那一点钱哪能做什么生意。"有一天又在飞田的花街里瞬间花掉了五十日元的现金。四五天前,柳吉绕到梅田新道的家时,偶然听到妹妹即将招一个上门女婿。蝶子早就预料到柳吉会因此郁郁寡欢,但在这节骨眼竟然还在召妓女,一天花掉五十日元,真的令人无话可说。柳吉一脸呆滞回到家里时,蝶子突然抓起他的衣领将他推倒,然后骑在他身上,几乎要勒紧他的脖子。

"啊!啊!我不能呼吸了,欧巴桑你干什么?"柳吉只能不断在空中蹬着双脚。这回蝶子不给柳吉严正的教训实在无法消气,于是勒得更紧,又打又捶,最后柳吉只好发出悲鸣,哀求道:"饶了我吧,求求你。"但蝶子依然不肯放手。看着只是听到妹妹即将招上门女婿就赌气不满的柳吉,与其说令人生气,不如说让人

---

[1] 铭仙:一种丝绸染色的平纹织物,主要产地有伊势崎、秩父、足利、桐生等。

相爱的人也是孤独的

觉得悲哀,蝶子的教训里其实隐含了痴情。

一逮到机会,柳吉就哼叫着慌张地冲下楼,逃到厕所躲了起来。蝶子当然也无法追下去。楼下的主妇以为两人争吵是为了女人,蝶子不发一言,只是以袖子掩面,肩膀颤抖了起来。主妇心想,这倒是意外地看到蝶子女人味的一面。比自己先生年纪小的她对蝶子总是不出好言。每天早上煮着味噌汤时,看到柳吉缠着工作带削柴鱼的样子,她总是不由得对蝶子叨念,让先生做这事不好吧。殊不知是柳吉为了追求美味,非要自己削柴鱼片。楼下主妇的丈夫也有同感,某天他和蝶子、柳吉三人一起到千日前听浪花节时,在拥挤的座位中,看到不知被谁捉弄、大声尖叫的蝶子时,心想真是大惊小怪的女人啊,不由得同情起一脸尴尬装作没看见的柳吉。回家后他跟老婆这么说:"看来她现在已经被维康讨厌了吧。"夫妻俩暗中说着闲话。果然柳吉有一天出门后,好几天没有回家。

过了七天柳吉依然没有回来,蝶子哭丧着脸回到种吉的家,说柳吉肯定回去梅田新道了,不知道现在是什么状况,拜托种吉帮忙去探一探。种吉受到女儿的委托,当然无法拒绝,但硬要去查探分明想分手的对方家里,如果不小心被瞧见,真不知道会怎么被看待,于是拒绝了蝶子。"你最好死心吧,这样对你也好。"

蝶子不满父亲竟然这么说,心情激动地吵了起来,负气之下一个人跑到新世界的算命摊。"你为男人掏心掏肺不求回报，反而让对方怨恨，你这样的人……"问了蝶子年纪之后，算命师又开始滔滔不绝地讲了起来，总之，做什么都会走厄运。听到"男人的心已经倾向北方"，蝶子不由得心头一颤。北方正是梅田新道。付了钱走到外面，蝶子不知应该往何处去，在盛夏的艳阳下只是快步前行。她想起在热海的住宿处遇到地震的事，也是酷暑之日。

第十天刚好是地藏盆节，小巷里满是跳盆舞的人，蝶子硬是被拉去弹琴助兴，单调的旋律不断重复，但偶尔也穿插些变化的曲调。正弹着，蝶子突然在绘行灯下看到步履蹒跚的柳吉。灯光照着他的脸，因为太亮他睁不开眼。蝶子突然停下了三味线的弹奏，立即把柳吉拉上二楼，满肚子的话无法说出口，倒是身体先扑了上去。

两小时后，柳吉说再不走就没有电车了，然后他就离开了。短短的时间内柳吉说了这番话：这十天频繁到梅田老家不为别的，而是心有所思。妹妹招了上门女婿，自己被剥夺继承权虽然是世间规矩，但就这么忍气吞声也太过残酷。他每天到梅田老家和他们促膝谈判，却一点回应都没有。虽然自己丢下妻子和孩子，和喜欢的女人一起生活的确是没有立场，被剥夺继承权也只能接受，但应该得的如果不去争取，之后会懊悔自己为什么没有行动吧。但父亲说你在行动前就应该想到后果的。说到这里，柳吉让蝶子不要在意父亲的话。"和那种女人一起生活的人，给了钱也等于是白费，结果肯定沦落到又被女人把钱给骗走的下场。如果真的想要钱，先跟那女人分手！"父亲只丢下了这些话。这时柳吉对蝶子说："我们就在这里演一出关键戏。总之，先跟父亲说我已经和你分手了，把钱骗到手再说。之后再怎么无继承权都无所谓了，我们就用那笔钱来做轻松的生意，两人就可以白头到老地生活了。一直让你去当雇仲居我也不忍心啊。因此，明天家里的下人来时，你一定要清楚地说我们已经断了关系。当然不是真的分手。是……是演戏。只要拿到钱我就马上回到你身边。"

看着柳吉离开的背影，蝶子心里既甜蜜又不安。

翌日早晨，她去见高津的阿金。听了蝶子的话，阿金说道："蝶子啊，你被维康骗了吧。"真是劳碌的苦命人啊。阿金听到蝶子说，维康一开始瞒着蝶子到梅田，就想到蝶子肯定会配合他演戏了。柳吉的内心或许盘算着，只要蝶子主动说要分手，那他就可以名正言顺地回家，然后就坐在梅田老家不走了吧。即使情况没有这么坏，那里再怎么样也是化妆品进货商，即使父亲不肯让他掌权，情况再怎么不好也能拿到钱，也就是打双如意算盘；抑或他自己也还摸不清楚自己的心意。柳吉怎么说也有孩子，但如果蝶子不主动说分手，柳吉就无法回老家。如果希望柳吉有一天能回来的话，蝶子一定要说："即使你要分手，我也不会死心的。"

蝶子照阿金的说法行动。比起说谎假装分手，这么说还容易许多。况且，梅田那边的仆人很快就露面了，正在准备分手费，要是收了的话，就等于断了两人的缘分。

过了三天柳吉却回来了。一看到蝶子就说："你这傻瓜，因为你的一句话全都玩完了。"表情超级不悦。说到分手费，"你如果收下的话，我也能拿到钱，不就皆大欢喜，真是不知道你想要什么。"原来如此啊。但蝶子依然在意阿金的话。

从父亲那里没拿到半毛钱，向妹妹求情要来的三百日元加上蝶子的存款，来做个什么生意吧，这次换成柳吉开口提议。剃刀屋有过失败经历，他们已不想重蹈覆辙，这个也不行，那个也不擅长，柳吉有兴趣的生意，想到最后，只剩下烤番薯了……正抱头烦恼时，突然灵光闪现，关东煮似乎不坏，蝶子对柳吉提议后，"啊，这……这真是不错的主意。让我展现厨艺，给你尝尝好味道。"柳吉大表赞同。接着开始寻找附近是否有适合的店，结果附近的飞田大门前的大街上正好有一家关东煮的店要转让。这家店现在由一对老夫妇经营，因为地点的原因，客人尽是些不务正业的人，招个老实听话的女店员，没有一个能待长久的，但要找个强势点的女老板，反而又会被看不起，几乎找不到帮忙的人手，这才决定转让。交涉之下，店里店外造价低廉，加上所有的炊具，最后以三百五十日元成交。

相爱的人也是孤独的

一楼全部涂漆用来做生意，二楼有个四叠半的房间当成寝室，天花板低到几乎要撞到头且狭小阴湿，但城内外的往来人潮多，店又位于街角，店里的格局和出入口的位置都很理想，一听到价钱蝶子就决定立即接手。重新开张之前，他们到法善寺内的正弁丹吾亭和道顿堀的章鱼梅等店去探访，只要看到关东煮的店就立即穿过门帘进去品尝味道，调查店里供应的酒，观察做生意的手法等。听到要开关东煮的店，种吉马上说道："不管是虾子还是乌贼，只要是天妇罗交给我就对了。"主动提议帮忙，柳吉却回绝："小菜会有，但不会供应天妇罗。"种吉觉得自讨没趣，阿辰在一旁嘲笑种吉的多管闲事。"他们觉得让我们帮忙会吃亏，谁会要他们一分钱啊。"

柳吉和蝶子从两人名字中各取一个字，做了店名"蝶柳"。终于要开张了。因为暑热的天气持续，他们铁下心叫了一大樽生啤酒，本来担心卖不完就浪费了，没想到担心根本是多余的，一下就卖完了。没有雇其他店员，就夫妻两个人忙东忙西，夜晚十点到十二点是最忙碌的时段，连去小便的时间都没有。柳吉身穿白色料理服、戴上厨师高帽，时而望着钱箱。看到钱不断进账，他不由得高声喊着"欢迎光临"，和开剃刀店时判若两人，叫卖声铿锵有力。还有俗称"娘娘腔"的中性街头艺人来店里，弹着青柳让店里更加热络，生气十足。但有时也有地痞流氓等酒品很差的人在店内吵架，这让柳吉看了胆战心惊。倒是蝶子拿出以往的魄力，顺利把客人送出，当然，使用的不是女色那一类的手段。

街区到深夜都还有客人，待收起招牌时东方的天空已转成紫色。他们筋疲力尽地上到二楼那四叠半的房间，才刚打盹，没想到闹钟就响了。穿着睡衣下楼，连脸都还没洗，就把"供早餐，四样十八钱"的招牌拿了出去。清晨回家的客人立即上门，点了味噌汤、卤豆子、咸菜加上饭，刚好四样共十八钱，小生意不计多寡，重要的是有客人上门，也有客人点啤酒，生意还算不错，也就多少能忍耐睡眠的不足。

秋意渐深，开始吹起寒风，正好是吃关东煮最适合的季节，啤酒在这个季节已不适合了，取而代之的是清酒。酒屋的钱已能以现款支付，两人的信用很好，铭酒本铺甚至想要送招牌来。蝶子的三味线已被闲置在收纳柜里。这次开店一半以上的资金都是柳吉筹来的，虽然不能说是因为这个缘故，但柳吉投入的样子实在无可挑剔。连公休日也没有，每天都辛勤劳动，没有任何浪费的支出，钱愈存愈多，柳吉每天都要去邮局存钱。这是个耗费体力的生意，柳吉一累就喝酒提兴。因为知道柳吉一喝酒兴致大好就开始花大钱，蝶子也时常看得提心吊胆，但既然自己卖酒，柳吉当然也多少会喝，主要是他有饮酒的习惯。但蝶子还有另一件担心的事，不知道哪一件事会先来，她没有一天能放心。喝多了

相爱的人也是孤独的

柳吉就会胡闹,可他小口小口啜饮时反而让蝶子更担心,没有客人时,他只是坐在椅子上发呆,不知在想些什么,看到他这个模样,蝶子不由得猜测柳吉肯定又在想梅田老家的事。

不出所料,没能出席妹妹的婚礼让柳吉很沮丧,拿了两百日元就这么出门,过了三天都没有回家。刚好是赏花季节,又遇到连续几天的节假日,店当然不可能关门,蝶子手忙脚乱忙了两天,欲望尽失,忙碌再加上担心,身体已不听使唤,第三天终于决定休息。这天夜里柳吉回来了。

蝶子竖起耳朵聆听——

"这个时候半七在哪里做些什么呢?

至今仍不回家,

眼里完全没有我了,

更对不起半兵卫和阿通,和三胜甚至怀了孩子,如果再不唤他回来,

当心身败名裂,

甚至有可能被家里断绝关系⋯⋯"

唱着三胜半七[1]的桥段走近的人,肯定是柳吉。半夜唱着很

---

[1] 三胜半七:江户时代殉情的男女。娼妇三胜和酒客半七相约殉情,后来被写进歌舞伎及净琉璃,并公开演出成为知名曲目。

糟的净琉璃，附近的人肯定皱起眉头，蝶子不由得松了一口气。

"……我知道你很不中意，

仍眷恋的我只能期待下辈子轮回，假使无法同床共枕，

就让我屈就在旁，至今学会的技艺反而害了自己……"

接下来由我帮你唱吧，蝶子抱着这样的心情下楼。柳吉的脚步声在家门前消失了。他不发一语，小心翼翼地敲着门。

"请问是哪一位？"蝶子故意这么问。

"是我啊。"

"我怎么知道你是谁啊？"蝶子故意装作听不出来。

"我是维康。"外头的声音带着抖音。

"有很多人叫作维康啊。"蝶子一丝不苟地回。

"维康柳吉！"

蝶子似乎决定要折磨柳吉。"维康柳吉这号人物在这里已经没有用处了。现在应该在别处散财吧。"蝶子挖苦地说完后，心想旁边还有其他的邻居，就到此吧，然后打开门。

"你这欧巴桑，怎么能这样。"

柳吉一脸怨气地站在门前，蝶子将他拽进来，硬是把他拖到二楼。柳吉的头撞到天花板。

"好痛！"

蝶子今天实在太生气了，不好好折磨他一番无法消气。柳吉

当时发誓再也不到外面拈花惹草。但蝶子的折磨一点作用都没有，不久柳吉又开始放荡。然后回家时又因害怕蝶子的折磨而变得脸色苍白。渐渐变胖的蝶子每次折磨完柳吉后，都累得上气不接下气。柳吉在外游乐挥霍的钱已经累积到不小的金额，游乐后的隔天他也满脸惨白，一点都不敢再拿酒杯，只是默默地搅拌着锅子。但四五天后，他终于受不了老是替客人热酒，将没兑过水的酒倒满酒壶，再拿到铜壶里浸泡，一看就知道对生意厌倦了。喝醉后又照例变得豪放，开始外出寻乐。开店反倒助长了柳吉的玩性，蝶子渐渐感到后悔。刚觉得生意兴隆，支付酒商的钱也不必再赊账，生意顺利上轨道时却不得不结束营业。蝶子告知柳吉，柳吉也当场同意。

贴出"本店转让"的纸张后，店就一直这么关着。柳吉去练习净琉璃。存款也日渐变少，但店一直找不到接手的人。蝶子暗自盘算，是否应该要三度复出去做雇仲居的工作。有一天，她从二楼的窗子往大街上眺望，感觉全是客人，不做生意实在可惜。对面五六家店前方有一家水果店，红的黄的绿的，色彩争妍，好不热闹。出入的客人也很多。她突然想到卖水果倒是不错的生意啊，顿时坐立难安，待柳吉学完净琉璃回家时，立即提议："我们来开水果店吧！"柳吉却一点兴致也没有，他的想法是，实在到了连肚子都填不饱的地步，就去梅田老家要些钱吧。

有一天，柳吉像是去了梅田老家，回来后说道，他央求妹妹时，那个上门女婿突然出来了，那人是个老顽固，还小气得很，结果柳吉一毛钱都没有拿到。他一脸苦涩地说："那就来开水果店吧。"

他们将关东煮的炊具全部卖掉，把钱拿来改造店面。不论是进货还是其他方面，资金明显短缺，蝶子只好将衣服及头饰等拿去典当，甚至还去向阿金借钱。阿金讲了一小时柳吉的坏话，最后她说："蝶子你真的是可怜人啊。"然后她借了一百日元给蝶子。

蝶子直往上盐町的种吉住处去，拜托种吉，说自己要开水果店，让种吉来帮两三天忙。柳吉不知道怎么切西瓜，所以需要有经验的种吉尽快来指导，这次换柳吉主动开口说"想拜托父亲"。种吉年轻时曾到阿辰的家乡大和买了一车子的西瓜，到上盐町的夜店现切现卖。当时蝶子只有两岁，阿辰背着蝶子，也就是说，一家三口一起出动，一个晚上就卖完了一百个西瓜，种吉说了这番往事，乐意帮忙之至。开关东煮的店时，提议要帮忙却被柳吉回绝之事，他早就已经忘了。但开店之日，斜对面也有家水果店，这么一来，"西瓜店的对面又开了一家西瓜店，西瓜同好的面对面"，他竟说出《淡海节》的名文，真是兴致好啊。对面水果店的冰块很多，靠冰镇西瓜吸引客人，自然蝶子他们只能以切片西瓜的厚度来对抗了，但不得不说种吉的切法也实在太豪气。一个八十钱的西瓜切成十钱一块，算算到底能切几块，柳吉在一旁看得忐忑不安。

种吉只说："以切片来吸引客人，以整颗来赚钱，看似损失但结果是赚钱啊。"接着大声喊着："来，西瓜，西瓜，好吃的西瓜大降价！"

对面的店家也不服输地叫着。蝶子当然不能只默默地看，她娇媚地喊着："便宜好吃的西瓜！"因为语调柔媚，引来了客人。蝶子将钱包吊在脖子前，把卖出西瓜的钱和找零的钱放进掏出。

早上蝶子进到街区里挨家挨户叫卖西瓜。"好吃的西瓜！"声音异常地好听，笑容又甜美，且性格干脆，让人无法抗拒，妓女们成了蝶子的常客，还常对她说："明天要再来卖哦。"

有时交由柳吉背着西瓜切片去兜售，"昨天的大姐呢？""噢！原来是你太太啊，真是个好太太啊！"被这么一称赞反而不是滋味，柳吉一脸苦涩，沉默以对，看不出来是个一玩乐就不可收拾的男人。

专心学习了四五天后，柳吉学会了切西瓜的要诀。种吉刚好因氏神祭，照例受委托兼差，趁此机会收手。"我回去了，苹果要好好擦拭，显出光泽，水蜜桃最好不要用手摸，水果绝不能沾上尘灰，时时要保持干净。"叮咛完后种吉就走了。

虽然他们按种吉所说的用心经营，但不知为何水蜜桃一下子就烂掉了，无法放在店里陈列，虽不舍也只好丢掉。每天丢掉的水果很多。但减少种类的话，会让店面看起来很寒酸，实在让人焦虑。虽然赚得多，可损失得也不少，他们渐渐明白，水果店也不是这么容易经营的生意。

柳吉逐渐失去了精神气，蝶子担心他是不是又厌倦了。但这样的担心成真之前，柳吉生病了。他以前就肠胃不好，定期得到二井户的医院去报到，这次尿里含血，小便就得花上二十分钟，实在无法对外人启齿。之前柳吉得过性病，搞得蝶子生气地说："这个人也太糟了。"当时她迷信地把屋顶的猫粪和明矾混合煎成药水给柳吉喝，因为有效，这次想再如法炮制，默默放入了味噌汤里。柳吉一喝变了脸色，但没发现，还以为是生了怪病影响味觉的关系。蝶子暗自在内心祈求魔药有效，没想到情况更加恶化，小便时柳吉甚至痛得哭出来。岛之内区的华阳堂医院是泌尿专科医院，柳吉到那里看诊，尿道放入管子诊查后，断定是"膀胱不好"。到医院看了十天后，病情依然没有好转，柳吉变得愈来愈瘦。也有可能是误诊，于是他又到天王寺的市民医院看了看，诊断结果不同。照了 X 光，断定是肾脏结石，虽对华阳堂医院怀恨在心，但得知是误诊后反而心情轻松，现在不觉为之怅然。医生说，如果怕死就赶快住院。柳吉于是就这么匆忙地住了院。

为了照顾柳吉，蝶子不得不把店关了。水果都烂掉了，也感

相爱的人也是孤独的

到挺可惜的,曾想过拜托种吉来照看一段时间。但碰上运气坏的时候也没辙,母亲阿辰四五天前突然卧床不起,经诊断是子宫癌。阿辰曾去金光教[1]祈求取过圣水,反而使身体更加衰弱,卧床不起时已经是无法救治的状态了。镇上的医生来看诊后说道,动手术对身体的负担太大,太可怜了,阿辰自己也拒绝手术并且拒绝住院。因为钱的原因,刚开始的时候连打针都说不要,但身体痛到要被撕裂,只好打针减轻疼痛,终于能放松入睡。尝到止痛针的甜头后,一感到痛苦即使半夜也哭喊着"快给我打针、打针",然后把种吉叫醒。种吉只好揉着惺忪的睡眼带阿辰到医院去。"这是吗啡,打得太频繁很危险啊。"医生回绝。"反正已经是半死不活的人了。"阿辰睁大眼睛央求。弟弟信一在京都下鸭的当铺工作,真的快要不行时,必须赶紧通知弟弟回来。种吉忙得分身乏术,蝶子也只好死心,因为得付住院医药费,她决定把水果店给卖掉。

还好运气不坏,立即找到买家,收到两百五十日元的现金,但转眼就用光了。柳吉决定要动手术,动手术前得先养好身体,每天喝两瓶舶来药,一瓶就要价五日元,住院费用也高得惊人。

---

[1] 金光教:幕府末期成立的新宗教,教派神道十三派之一。赤泽文治创立,本部位于冈山县浅口市。

蝶子雇了看护，委托看护夜间照顾柳吉，自己再去当雇仲居。但实在救不了急。手术眼看就是这一两天了，急需用钱。蝶子的歌也失去了以前的光彩。搭红电车回家，手插进腰带里，心情沉重。跟阿金借的一百日元也没能还。

蝶子拖着沉重的脚步，到梅田新道的柳吉家拜访。柳吉家只有那个上门女婿出来见面，蝶子把头贴着榻榻米哀求，只要一点就好，却一点都没有用。

"这个家的一切由我管理，我才不会借给你们一毛……"

蝶子转身往外跑，却激动得步都走不稳，她心里如同刀割："要不是这种情况，我死也不会来求你的，我真是自作自受。"

从柳吉家出来，蝶子回到父母的住处，探望病床上的阿辰。阿辰说道："我不要紧，你去探望维康吧。到医院你也不能好好煮饭，在家炖些汤和菠菜拿过去吧。"

阿辰的心宛如佛陀，看起来就像死期将近的人。

和阿辰不同，柳吉看到蝶子迟迟未来就开始口出恶言，这股劲头看起来他暂时还不会死。两天后动了大手术，切掉了一边的肾脏，之后就生龙活虎地直嚷着："水，水，给我水。"因为被提醒一定不能让他喝水，蝶子憋足了劲，无视柳吉的呻吟。

有一天，一位年轻的女人带着一个十二三岁的女孩来探病。

从长相一看就知道是柳吉的妹妹。蝶子一时紧张不已，"没想到您会来啊。"首次见面却吐出这样的话,让蝶子很尴尬。带来的女孩是柳吉的女儿,今年四月要上女校,穿着水手服。蝶子摸她的头时,她却皱着一张脸。一小时后两人离开,他们似乎是瞒着柳吉的妹夫偷偷来的。

"那样的丈夫根本不用顾虑他!"柳吉朝妹妹的背后吐出这句话。

蝶子送她们到走廊时,妹妹突然说:"大姐的辛劳,父亲最近终于明白。真的是对大哥有情有义啊。他这么说。"接着默默地把钱塞在蝶子手里。蝶子连粉都没抹,头发散乱,和服也破旧不堪。她可能是看了蝶子的样子心生同情才这么说的吧,但蝶子很想相信这番话。花了十年才被柳吉的父亲理解。被叫大姐也很开心。因此一瞬间想要把钱还回去。但被妹妹强握在手里,后来一看有一百日元,蝶子真的很感激,甚至有些不知所措。

傍晚接到电话,是弟弟的声音,蝶子心里一惊。听到母亲病危的消息,她从电话室立即回到病房通知柳吉,柳吉却喊着"给我水",然后哀求着说:"你……你母亲重要,还是我重要?我也可能随时会死啊。"

蝶子坐在椅子上,双手交叉在胸前。过了好久眼泪才落下。

秋天的医院,庭院传来虫鸣声。不知过了多久,从缝隙中吹进来的风让人感到寒冷,已经完全入夜。

"维康先生，电话！"

蝶子慌慌张张接过电话，这次不知是哪个女人的声音说道："已经断气了。"蝶子就这么冲出医院。

"蝶子，你母亲因为担心你，临终前还在说，你的境遇可怜，实在太可怜了。"

附近的女人们红着眼，故意这么说。三十岁的蝶子在母亲的眼里依然是个孩子，种吉哭着掉下了眼泪。蝶子感受到背后被人当成不孝女的眼神，取下白布，以水沾湿母亲的唇，她强忍着悲伤，替母亲送终。丈夫也病了的事情只有蝶子自己知道，于是守夜的时候也早早地就离开了。

深夜走在街上返回医院的途中，蝶子忍不住泪水崩堤。回到病房，柳吉突然以恐怖的眼神示意，"你上哪儿去了？"

蝶子只回了一句："死了。"

然后两人沉默不语，只能互相瞪着对方。柳吉的冷淡视线不由得让蝶子感到压迫。蝶子当然也不认输，高傲的个性让她像蛇一样，不自觉抬高了头。蝶子暗自下了决心：柳吉的妹妹给的一百元现金即使不是全额，至少也要把一半花在母亲的丧礼上，至少让我尽最后的孝心吧。但看着柳吉消瘦的脸庞她实在说不出口。

担心似乎是多余的。种吉平常兼差抬棺的葬仪社，把种吉看成亲人，免费为种吉张罗葬礼事宜，而且还办得颇为盛大。再加上阿辰不知何时自己偷偷在邮局买了简易养老保险，一日元的保费竟然换来了五百日元的保险金。他们在上盐町住了三十年，认识的人也多，送上慰劳品、回礼补贴以及许多人来参加丧礼的市电交通费，回完礼后，还剩两百日元。种吉来到医院探病，把一百日元当成探病慰问金给了蝶子。父亲的宠爱之意沁入蝶子心扉。蝶子将柳吉妹妹的话转告父亲，也就是柳吉的父亲夸奖蝶子辛劳的事情。

"这真的太好了！"听到碟子的话，自阿辰死后，种吉的脸上第一次出现了笑容。

柳吉不久后便出院，到汤崎温泉疗养。费用则由蝶子当雇仲居赚取后寄给他。一个人租二楼的房间不划算，蝶子干脆到种吉的住处过夜。本来打算给种吉一些伙食费，但种吉不肯收，说是亲人还客气什么。他心知蝶子赚的钱基本都寄给柳吉了。

知道蝶子回到老家，附近的有钱人竟然上门露骨地说要纳蝶子为妾。以前的木材店店主已经死了，儿子和柳吉一样四十一岁，他也一样提出了要求。蝶子只能一脸感谢，却无法断然拒绝，一是不想破坏和邻居们的关系，再则做艺伎时私奔的名声还残留着。每次被说其实你还年轻时，蝶子总是重新审视自己，内心却不为所动。

蝶子每天晚上都梦见在汤崎疗养的柳吉。有一天因为做了不吉利的梦，她甚至亲自前往汤崎。每天应该只能钓鱼解闷，过着寂寞生活的柳吉，却在这里招来艺伎散财。当然他也不忌口地喝酒。找来女侍追问个仔细，没想到这一星期每天都这么过。这些钱到底从哪儿来的？自己攒的钱只勉强能付住宿费，应该连抽烟的钱都没有才是。蝶子正在怀疑时，从女侍嘴里得知，柳吉向妹妹央求了好几次。

知道内情后，蝶子眼前一片黑。靠自己的力量赚钱让柳吉疗养，这样的辛苦还算值得，或许能因此获得柳吉父亲的赞许。但柳吉这样跟妹妹哀求要钱的举动，让自己的辛苦简直化成泡影，她不由泣不成声。蝶子愈是为自己的行为感到值得，柳吉愈是对自身的价值毫不在意，这点让蝶子非常看不惯。但是，那么心酸悲痛，面对柳吉时却什么都说不出口。柳吉只是一副无精打采的模样，乖乖地听着蝶子的质问。

再者据女侍说，柳吉偷偷叫女儿到汤崎来，带她去看千叠敷和三段壁灯等名胜。虽然说到了柳吉这样的年纪，想表现这样的父爱也是必然的，但蝶子还是觉得遭到了背叛。她逼问柳吉，要他不如把女儿接过来三个人一起生活，柳吉却没有答应。一副女儿的事无关紧要的样子，要蝶子别往自己脸上贴金。这一切让蝶子不由得火冒三丈，把酒杯往房间的玻璃障子丢去。艺伎们纷纷逃离。不久后蝶子又指名把之前的艺伎叫来，说明自己原本也是艺伎，不想因为争端而影响她们的生意，这不知是因为体贴的心意还是因为虚荣心，蝶子感到了一种自虐般的快感。

和柳吉一起回到大阪，在日本桥的御藏迹公园后方租了二楼的房间，蝶子和以前一样外出当雇仲居。蝶子想，下次一定要退掉二楼的房间，认真租一栋房子，好好做生意，如此一来柳吉的父亲应该会夸奖自己是个了不起的女人吧，这样就能成为正大光明的夫妻了吧。柳吉的父亲已经中风卧床超过十年，一般人应该早就死了，他却依然活着，但随时有可能寿终，蝶子因而感到心焦。但是，柳吉才刚大病痊愈，还需要饮用滋养剂或打针治疗，所费不赀，过了半年他们只存了三十日元。

一天傍晚，蝶子提着三味线的行李箱在日本桥一丁目的交叉路口等着换搭电车时，突然有人搭话："这不是蝶子吗？"原来是在北新地被同一位雇主雇用过的艺伎金八。由她身上的短披就知道她应该际遇不错。受金八的邀约，一起到戎桥的丸万吃寿喜烧。这一天赚的钱就这么花掉了，蝶子有点在意，但在发迹的朋友面前也不好拒绝。

当时的雇主是个小气吝啬的人，提供的餐里只有一尾盐渍沙丁鱼，那时两人互相勉励，有一天必要出人头地给雇主好看，说到这些过往之事，蝶子为现在的自己感到惭愧。金八在蝶子私奔后不久就被赎身，成为矿山老板的妾，后来正妻死了，她被顺利扶正，现在对矿山的买卖颇有心得。

"这么自说自话的确实有点不好意思……但目前的际遇已经够好了，足够过着富足安稳的日子。"说到此，金八突然说出，"蝶子你也真是的，当时一起发过誓要出人头地让雇主好看，为了实现以前的梦，蝶子也务必闯出一片天啊。不管是一千日元还是两千日元，只要你开口我免利息无期限借给你，有没有想做的生意？"

真是地狱里佛陀现身啊，蝶子不由得感激落泪，看着金八身上的衣裳饰品，她从头到脚赞美了一番。

"做什么生意才好呢？"蝶子的用语也变得谨慎客气。

"就到歌舞伎町旁的算命摊问问看吧。"算命之后，被告知适合做酒馆咖啡店类的酒水生意。

"你做水生意我做矿山生意，水和山，配得正好啊。"于是就这么决定了。

回家后跟柳吉说明原委，柳吉回道："你还真有朋友运啊！"语气里带着刺，暗中却觉得再如意不过。

蝶子决定经营咖啡店，隔天立即去找中介商，找适合咖啡店的店面。起初还愁找不到理想的店面，没想到转让的咖啡店很多，生意好的店也要出售，这么看来咖啡店经营似乎不是很容易，正当进退维谷犹豫不决时，蝶子的自信赢了。她心想："只要运用手腕，即使女侍的长相不那么标致，也没问题的。"

挨个探访每一间正转让的店后，最终看中下寺町车站前的一家店，离二井户到道顿堀甚至千日前的热闹地段有点距离，但价钱适中，店也小巧又有品位，蝶子便下定决心。附加室内装潢家具共八百日元。和飞田关东煮破旧的店面不可比，这样看来价格还算便宜的吧。

为保险起见，蝶子又请金八来看，看完后金八说："开在这里的话，我肯定也想进门光顾。"

条件没话说，接手后蝶子咬牙决定把店里店外都改装，又加了霓虹灯，一心只想着气派地开业，似乎花再多钱也不在乎。

名字一样用"蝶柳"，只是在前面加上了"沙龙"，变成了"沙龙蝶柳"，留声机播放着新内、端歌等净琉璃曲目，女侍一律用梳日本发型或淳朴有气质的女性，刻意不要大家穿没品位的洋装，也不用鬈发的女孩。吧台的气氛更像料理台，柳吉在里面做些生的醋泡小菜，蝶子则是展现着自己当艺伎时的娇媚模样。所有一切都采用日本风，这样反而有趣，吸引了上等的客群，反而是只喝咖啡的客人待得不太舒服。

不到半年，沙龙蝶柳就成了人声鼎沸的名店。蝶子的仕女形象也成了招牌。当有新的女侍来面试时，蝶子总把人家从头到脚迅速地品评一番，渐渐也练就了看穿女人本性的本事。

有一位带着异样氛围的女侍来到店里，不仅体态及打扮穿着，连眼神都带着色诱男人的感觉，蝶子实在不想雇用，但因面貌姣好而屈就。开始工作后，那个女人不但直黏着客人，还小声在耳边说些悄悄话，蝶子看了很不满，但熟客似乎都买那女人的账，故也不好把她解雇。有时她甚至会要求两三小时的休息时间，和客人外出。这样的事频繁发生后，客人也就不太上门了。

本来认为客人肯定会因此常来，没想到和客人混熟了，也就没有必要专程来店里见面了。并且为了和客人见面租了房子。换句话说，利用咖啡店的工作私下从事不正经的生意。把她赶走时，其他的女侍也开始动摇。一个一个询问后，原来每个人都学那个女人，至少都做过一次见不得人的事。或许大家都担心如果不这么做，客人就会被那女人给抢走吧。总之，蝶子因而升起一股厌恶的情绪。要是她们都学会这样就麻烦了，于是把全部的女侍解雇，重新雇用了一批温和的新人，这才终于解除了危机。如果店里默许女侍这么做，女侍都学坏的话，店也就经营不下去了，后来听说确实发生过类似的案例。

女侍换了客人也跟着改变，从事报社相关工作的人士变多。虽然记者看人的眼神有点不舒服，但整体来说开朗又带点孩子气，

相爱的人也是孤独的

不称蝶子女士，而叫"欧巴酱"[1]，这让蝶子的心情大好。连店主柳吉"欧桑"[2]也被叫出外场，和客人一起有说有笑，店里的气氛就像大家庭。喝醉的柳吉常直呼记者的绰号，有时喝完了还会跟着客人去另一家店继续开心。蝶子在客人面前当然保持风度面带笑容，但如果柳吉在外过夜，还是不会对他手软。附近的人都在暗中叫蝶子"恶婆娘"。女侍们只是看好戏，表面上站在蝶子这一边，说老板的不是，但心里真正怎么想没人知道。

　　蝶子向柳吉提议要不要把女儿接过来的时候，柳吉总是敷衍地说："再过一些时候吧。"身为父亲，自己的女儿当然没有不疼的，其实是女儿不想来。以青春期女生的年纪来说，经营咖啡店的生意让人感到羞耻也可以理解，但原因没有这么单纯。亲生母亲死前一有机会就对女儿说，父亲被外面的坏女人拐跑了。但蝶子还是不死心地央求，穿着水手服的女孩曾来过"沙龙蝶柳"一两次，但总是一副臭脸。蝶子心情一好总想讨女儿欢心地说："你还学英语啊，我可是对英语一窍不通啊。"结果却只换来女孩以鼻子讪笑的回应。

---

[1] 欧巴酱：日语中"奶奶"的音译。

[2] 欧桑：日语中"大叔"的音译。

有一天，女孩在蝶子没有邀请的情况下突然跑来。蝶子满脸皱纹堆着笑说道："欢迎啊，你怎么来了？"低头上前迎接。女儿跑到柳吉身边压低声音道："祖父病情恶化，请立即回家。"

蝶子原本想和柳吉一起赶回家，却被柳吉阻止："你待在家里等吧。现在一起去只会让场面难堪。"蝶子感到很怅然，发呆了一阵，最后对柳吉提出请求："在父亲尚有一口气时，请在枕边请求他老人家承认我们的夫妻关系，拜托了。父亲如果点头立即通知我，我马上赶过去。"

蝶子立即前往服装店，定做了绣上家纹的两件丧服，然后在家等待着柳吉的好消息，却苦等不到。柳吉也没现身。两天后绣上家纹的丧服做好送来了。第四天的黄昏接到电话。心里盘算着，总算和解了，应该是来叫我去的电话，脸上一阵红。"喂，我是维康。"说完后，柳吉接着道："你……你，你欧巴桑吗，老爷刚才死了。"

"啊！喂，喂。"蝶子的声音颤抖着，"那我立即赶过去，有家纹的丧服准备好了。"脚下着急得无法站稳，但这句话明确地说出了口。

柳吉却回："你不必来，来了场面尴尬。妹……妹夫他……"

后面的话蝶子无心听下去了。连葬礼也不得参加，会不会太过分了？医院走廊下柳吉的妹妹所说的话是真的吗？还是柳吉输给了顽固的妹夫？蝶子完全没余裕想到这一步。家纹在脑子里挥之不去。她回到店里，将自己关在二楼。不久，把门窗也给关了，拔了瓦斯管上来。

"夫人，今晚吃寿喜烧吗？"楼下传来女侍的声音，然而并没有得到回复。蝶子转动了瓦斯栓。

夜里柳吉回来取丧服时，听见瓦斯表发出嘶嘶声，屋里充满了异臭。惊吓之余他立即爬到二楼，开了门。以圆扇不断扇着风，叫了医生，蝶子因而及时得救。此事甚至上了报。报纸记者在太平盛世之下仍不忘人世间的情爱纷乱，报上刊登着弱者企图自杀的同情文章。

柳吉以葬礼为借口就此逃避，再没有回来。种吉到梅田去探问，他似乎也不在老家。

蝶子痊愈能下床后，到店里去，客人纷纷安慰蝶子，店也因此恢复了以前的盛况。还有客人趁机要求蝶子做妾。蝶子每天早上都化着浓浓的妆外出，招来邻居恶评："是真的想当别人的妾了吗？"但其实蝶子内心是希望柳吉早点回来，她到金光教的道场参拜去了。

过了二十几天，柳吉寄了信给种吉，说明自己已经四十三岁，而且患过一次大病，所剩时间应该也不长了，想要好好地疼爱女儿，弥补过往的缺失。在九州的某地做点零工养活自己，然后打算接女儿来一起度过余生。自己明白蝶子的境遇实在很可怜，请代他向她问好。蝶子还年轻，人生还能重新来过。这绝不能让蝶子看到，种吉于是把信烧了。

过了十天，柳吉悄悄返回"沙龙蝶柳"。其实柳吉来信说明自己会消失不联络是策略，是为了证明给妹夫看，自己和蝶子已经分手。但真实目的是想要钱，老爷子既然死了，他没分到遗产怎能罢休，所以才故意叫蝶子不要来。

蝶子相信了柳吉的话。

柳吉说道："怎……怎么样，我……我们去吃好吃的东西吧。"遂邀蝶子外出。到法善寺内的"夫妇善哉"。道顿堀的大道和千日前的大道交会的一角，有个古老的阿多福人偶，前面挂着红色的大灯笼上面写着"夫妇善哉"，似乎是老夫老妻常光临的店。点了"善哉[1]"之后，每个人面前端上了两碗红豆汤。

坐在和室地板上，发出啜着红豆汤的声音，柳吉说："这……这里的红豆汤啊，每人各有两份，你知道吗？不知道吧。这里是以前叫什么大夫什么净琉璃的师傅开的店，比起很大一碗，不如分成两小碗，看起来分量还多一些，他的主意很厉害吧。"

---

[1] 善哉：红豆汤。

蝶子回答道："比起一个人，当然是夫妻两人才好吧。"

蝶子和柳吉开始专心练习净琉璃。在二井户天牛书店的二楼客间举办的票友大会上，柳吉配合着蝶子的三味线，说唱起"太十[1]"，并获得了二等奖。奖品是加大的坐垫，蝶子每天都坐在上面。

---

[1] 太十：江户中期的人形净琉璃演出曲目。

所谓世间 那就是你

# 告诉你

当蝶子将生意做大,并有能力供养丈夫喝花酒的时候,她却发现自己并没有真正赢得丈夫的心,丈夫甚至会因为她的发达而感到有失颜面。她十多年来为这个男人付出了一切,也只换回了这个男人在金钱和生活上对自己的依赖。这个男人对蝶子不要说心灵的依恋,甚至生活的关怀都没有。然而自杀未果之后,蝶子仍然选择傻傻地相信两个人的婚姻,仍然选择包容和接纳死性不改的柳吉。

爱与被爱只相差一个字,但是对于相爱的人来说,是一条深渊。被爱的人看起来是幸福的,但是无论爱他的人如何为他付出一切,都填补不了他内心的空虚;爱的人看起来是不幸的,但是无论她在世上如何孤单,她的内心都始终拥有一份爱。如果说被爱的人是自私而冷漠的,那么爱的人又何尝不是因为自私而痴爱呢?蝶子自杀未遂之后,面对着根本不能得到回应的丈夫,她依旧温情如初,这并不是因为她懦弱,而是因为她爱上的是自己的爱。

# 生命的路上谁没有负重前行

《维庸之妻》太宰治

所谓世间 那就是你

一

半夜，一阵匆忙的开门声将我吵醒，肯定是那烂醉如泥的丈夫又回来了，我继续睡着，没有作声。

丈夫打开了隔壁房间的电灯，一边哈哈地喘着粗气，一边翻弄着桌子和书柜的抽屉，像是在找什么东西，不一会儿，只听得他扑通一声瘫坐在榻榻米上，而后便只有粗重的喘气声了。他究竟在做什么呢？于是我便躺着问他：

"您回来啦，已经用过餐了吗？橱子里还有些饭团。"

"啊，谢了。"他从未如此温柔地回答过我，接着问道："儿子怎么样了，还发烧吗？"

这也是一件怪事。不知是营养不良还是丈夫酗酒的缘故，或是得了什么病，儿子明年就四岁了，但他比别人家的两岁小孩还要瘦小，就连走起路来都摇摇晃晃的，说的话也充其量是"好吃好吃、不要不要"之类的只言片语。不知是不是脑子不好使。我曾经带这孩子去澡堂，抱起一丝不挂的他，因他过于瘦小丑陋的躯体而倍感难过，甚至不由得在大庭广众之下哭了出来。而且他还经常闹肚子、发烧，而丈夫基本上不着家，真不知道他心里还有没有这个儿子。哪怕我告诉他儿子生病了，他也只会说："啊，这样，把他带去看医生就好了。"说完便匆匆穿上外套出门了。尽管想带他去看医生，但我们身无分文，只能睡在孩子身边，默默地抚摸他的头。

但那天晚上不知为何，丈夫温柔得反常，竟关心起了孩子的身体，与其说是喜悦，不如说有一种不祥的预感，使我不寒而栗。我不知该如何回答，就默不作声，之后一阵子，房子里只能听到丈夫剧烈的呼吸声——

"有人在吗？"

门口突然传来了女人纤细的声音。我仿佛浑身被泼了一盆冷水一般，心头一震。

"大谷先生，您在家吗？"

这次她的语调有些尖锐。与此同时，传来了开门的声音——

"大谷先生！您在吧？"

很显然她的话语中夹杂着怒气。

丈夫仿佛这时才走到门口，惴惴不安又没头没脑地回复道：

"什么事？"

"什么事你心里没底吗？"女人压低了声音，"明明有这么漂亮的房子，为什么还要当小偷。快别开这种无聊的玩笑了，把那东西还给我吧。不然我就马上报警了。"

"你在说什么呢？你休要污人清白。这里不是你们能来的地方，快回去！不回去的话我才要去告你们呢！"

"老师，你可真是好大的胆子啊。什么'这里不是你们能来的地方'，亏你说得出口。真是给你吓得话都说不出来了。这事不比别的，你可是偷人钱财啊，开玩笑也得有个限度啊。我们夫妇至今为止为你吃了多少苦，你还不知道吗？然而你居然干出像今晚这样的无耻之事。我真是看错你了。"

"你这是敲诈。"丈夫虽然提高了嗓门，声音却在颤抖，"你们这是在威胁我，给我回去！有什么问题明天再说。"

"你可真敢说啊。老师你现在已经是个彻头彻尾的恶棍了。看来我只能找警察来解决了。"

这句话中包含着足以让我全身起鸡皮疙瘩的强烈憎恶之情。

"你想怎么样就怎么样吧。"丈夫面红耳赤地大声喝道，听起来却空虚无力。

我起身在睡衣外披了一件外套，走到门口对两位客人打了个招呼："你们好。"

"啊,这位是大谷夫人吗?"

男人穿着不到膝盖的短大衣,大概五十多岁,板着一张圆脸向我稍稍点头示意。

女人则四十岁左右,身材瘦小,打扮得很整齐得体。

"原谅我们深夜不请自来。"

女人也板着脸,脱下披肩向我行礼。

就在这时,丈夫突然穿上木屐想要逃跑。

"哎呀,你可逃不掉了。"

男人抓住了丈夫的一只手,接着两人便扭打在一起。

"放开我!不然我要捅你了。"

丈夫右手中的军用小刀闪着邪光。这把刀是丈夫的珍藏之宝,好像是放在他桌子的抽屉里的,怪不得丈夫刚刚一回家就翻箱倒柜,原来他早就预料到会变成这样,特地找了一把小刀藏入怀中啊。

男人后退了几步,丈夫则趁此机会如同巨大的乌鸦一般挥动着外套的袖子,逃到了外面。

"有小偷!"男人大声喊道。他正准备追出门外,我光脚踩在泥地上一把将他抱住——

"请您住手吧,如果两位都受伤就不好了。这件事情我会好好处理的。"

听我这样说后，旁边四十左右的女人也说道："是啊，孩子他爸。他不仅精神失控还带着刀，不知会做出什么事呢！"

"畜生！我要报警！真是忍无可忍。"

男人呆望着一片漆黑的外面，仿佛自言自语般小声呢喃着，但他早已耗尽了身上的力气。

"非常抱歉。请二位进屋说话。"说罢我蹲在了门口，"这件事我也许能够处理。请进屋吧，请，虽然家中简陋。"

两位客人互相看了看对方，微微点头，然后那男人整理了一下衣服对我说道："无论您怎么说，我们都心意已定。但事情的来龙去脉姑且还是告诉您吧。"

"好的，请进屋说吧。不着急。"

"不不，别这么说，我们哪儿能不着急啊。"

男人说罢，准备将外套脱下。

"还是穿着说吧。家里挺冷的，真的，就请您穿着外套说吧，家里连一点取暖的东西都没有。"

"那就恭敬不如从命了。"

"请吧，夫人您也请穿着外套吧。"

男人在前女人在后，二人走进了丈夫的六叠间，映入眼帘的是仿佛将要腐烂的榻榻米，破破烂烂的拉窗，剥落的墙壁，纸皮全部脱落、只剩骨架的纸门以及角落里的桌子与书箱，书箱还空荡荡的,看到此等荒凉景象,两人都倒吸了一口凉气。

我让他们坐在露出棉絮的破旧坐垫上。

"因为榻榻米很脏,就请用这破坐垫将就一下吧。"

说罢,我再次和他们寒暄一番——

"初次见面,我的丈夫似乎给两位添了不少麻烦,今晚又不知怎么的,竟做出那样恐怖之事,不知该如何道歉才好,毕竟他就是那样一个怪脾气的人。"

话说一半,不禁落泪,再也说不下去。

"夫人请恕我冒昧,请问您贵庚?"

男人毫不客气地将腿盘起坐在坐垫上,胳膊肘立在膝盖上,拿拳头撑着下巴,上身前倾向我问道。

"请问,是在问我的年龄吗?"

"是的,您丈夫好像是三十岁吧?"

"是的,我……比他小四岁。"

"也就是说你现在是二十……六岁吧,哎呀这可真是不得了。你还这么年轻啊。应该是这样没错,丈夫是三十岁的话,你二十六也很正常,不过可真叫人吃惊啊。"

"我刚才就觉得很佩服您。"女人从男人的背后探出头说道,"有这么优秀的夫人,大谷先生为什么做出那样的事儿呢。"

"是病,他生病了啊,以前还没那么严重,但现在越发病得厉害。"

男人说着，深深地叹了口气，突然以一本正经的语调说道：

"事情是这样的，夫人。我们夫妇二人在中野车站的附近经营着一家小料理店，我和内人都来自上州。别看我们现在这样，我以前好歹也是个正经的商人。可能是比较好高骛远吧，不太愿意和乡下的老百姓做些小气的买卖，大约二十年前，我带着内人来到了东京，开始包吃包住地在浅草的一家料理店打工。和大多数人一样吃了不少苦，稍微有了些积蓄，大概在昭和十一年（1936年），在现在的那个中野车站附近租了一间又小又脏乱的六叠间，还附带了一个泥地房间。我们提心吊胆地开着一家饮食店，尽管来的都是些一次只消费一块两块的客人，不过也因为我们夫妇平时都是省吃俭用，老老实实地打工挣钱，反而存了不少烧酒和杜松子酒，所以在之后缺酒的年头，我们也得以不必像其他饮食店被迫改行，还能勉强继续经营，之后老顾客们也总是来店里照顾我们的生意，甚至还有人为我们提供能够获得所谓的军中酒肉的路子。

"日本发动对英美两国的战争后，空袭渐渐变得频繁了起来，但我们既没有要牵挂的孩子，也不想逃往乡下避难，心想只要这房子不被烧毁，就要好好将生意继续做下去。总算是平安无事地熬到了战争结束，我们这才放下心来，接着明目张胆地在黑市进假酒来卖。长话短说，这便是我们的大致经历。不过我这样说的话，您可能会觉得我们并没有什么太大的难处，反倒可能会觉得我们一直过得顺风顺水。但人的一生乃是地狱，所谓'人生不如意事十之八九'说得真是太对了。每一分的好运都必将伴随着十分的厄运。人在一年三百六十五天中哪怕只有一天，不，哪怕只有半天能够无忧无虑地过着就很幸福了。

"您的丈夫大谷先生第一次来到鄙店好像是在昭和十九年（1944年）的春天，具体我记不清了，总之就是那段时间，对英美两国的战争还未趋向败势之时，不，好像已经快要战败的时候来着，我们对战争的状况以及真相一无所知，一直以为只要再努力个两三年就能和英美和解。我记得大谷先生第一次来到我们店里的时候应该是穿着久留米绊[1]制成的便装加上一件大衣。不过因为当时不止大谷先生，那时即便在东京，也很少有人用防空服装把身体裹得严严实实，大家基本上穿着普通的衣服悠闲外出，所以我们当时并没有觉得大谷先生的着装打扮有什么不妥之处。大谷先生当时不是一个人来的。尽管是当着您的面说，但我觉得也没什么好遮遮掩掩的了，那就把事情全盘告诉您吧。您丈夫那时是被一个半老徐娘拉着从后门偷偷进来的。不过那时我们的店

---

[1] 久留米绊：日本福冈县久留米市及周围的旧久留米藩制造的绊。绊是以特殊方法制作的织品的总称。

铺表面上是不开业的,用当时的流行语来说就是关门营业。只有极少数的常客,会从后门偷偷进到店里,但他们不会在泥地间的座席上喝酒,而是安静地在里面那昏暗的六叠间里偷偷饮酒。那个老女人直到不久前还在新宿的一家酒吧当陪酒女郎,在她当陪酒女郎的时候,会把条件好的客人带到我们的店里喝酒,把他们变成店里的常客,这是我们内行人才知道的事情。随着新宿酒吧的关闭,她不再做陪酒女郎,因为她的公寓就在这附近,所以时不时地会带一些她的男性朋友过来。我们店里的酒库日渐空虚,客人条件再好,多了岂止不会像以前一样感到高兴,反倒觉得很麻烦。但看在她四五年前带来了不少挥金如土的客人,有恩于我们的分上,对那老女人介绍来的客人,我们也丝毫不露不悦之情地招待他们酒喝。所以您丈夫那时和阿秋,就是那个老女人,一起偷偷地从后门进来的时候,我们也并没有心生怀疑。只是一如既往地招待他们进了里面的六叠间,端出烧酒给他们。

"大谷先生那晚老老实实地喝着酒,账则是阿秋付的,然后二人一起从后门回去了。不知为什么我总是无法忘记那晚大谷先生的斯文气质。妖怪第一次来到别人家中时,是不是也显得那样天真无邪不起眼呢。自打那天晚上起,我们的店铺就被大谷先生相中了。从那之后,又过了十天,这一次大谷先生独自一人从后门进来,突然拿出一张百元大钞,不得不说那时候一百块算是一笔不小的数目了，要比现在的两三千块钱还要值钱。然后硬是将钞票塞到我的手里，'拜托了。'他这样说道，随后仿佛不好意思地笑了出来。他看起来已经喝了不少，总之，夫人您应该也知道吧，再没人比他酒量好的了。刚怀疑他是不是喝醉了，突然又一本正经起来，说话有条有理。不管喝了多少，我们也从没见过他走路摇摇晃晃的样子。人在三十前后可谓是血气方刚，酒量也是极好的，但是像他那么能喝的确实少见。看样子那一晚来我们店之前已经在别处喝了不少，然后又在我们店里接连喝了十杯烧酒，不管我们怎么向他搭话，他都一言不发，只是害羞似的笑着，'嗯，嗯'地含糊着点头，突然起身问现在几点。我要找他零钱，他却说道：'不用，不用。'我强调说：'这样我很为难的。'他笑嘻嘻地说道：'那这些钱就请你保管着，我还会再来的。'之后便回去了。夫人，我们前前后后只有这一次从他手里拿到钱，之后都被他以各种理由搪塞过去，这三年来，他没有付过一分钱，仅一人就几乎喝光了我们所有的酒，真叫人无话可说。"

我忍不住笑出声来。不知为何，突然觉得很好笑。我慌忙捂住口，朝老板娘那儿看去，发现她也低着头偷偷笑着，而店老板也一脸无可奈何地苦笑着。

"唉，真是的，这本来不是什么好笑的事，但实在是太荒唐了，让人忍不住想笑。不过说真的，如果他能把这么高明的手段

119

好好地用在其他方面，不管是大臣也好博士也好，就没有他干不了的。被他看上的可不止我们夫妇，还有好多人被他骗得一个子儿也不剩，现在还在寒风中痛哭流涕呢。实际上那个阿秋就是因为认识了大谷先生，原来的靠山也跑了，身无分文衣衫褴褛，现在住在大杂院的一间房子里过着乞讨一般的生活。说实话那个阿秋刚认识大谷先生的时候，对他可谓一片痴情，还这样那样地向我们吹嘘呢。说他首先呢，身份高贵，据说是四国某个贵族的旁系血亲，大谷男爵的次子。现在只是由于自己品行不正被强迫断绝了父子关系，等到将来身为男爵的父亲死了之后，照样能和哥哥平分家产。然后说他脑子特别好使，是个天才。二十一岁就能写书，而且还不是一般的书，比石川啄木[1]这样的大天才写得还要好，然后又陆陆续续写了十多本书，年纪轻轻就已经是日本第一诗人。而且他还是一个大学者，从学习院到一高，然后升至东京帝国大学。精通德语和法语，哎呀……真是太可怕了。大谷先生已经被她吹得出神入化了。不过其中也并非全是谎言，就算和别人打听，也听说他确实是大谷男爵的次子，还是个有名的诗人。就连我的内人，都一把年纪了还被迷得要与阿秋争风吃醋，说什

---

[1] 石川啄木：日本著名歌人、诗人、评论家。原名石川一，石川啄木是他的笔名，并以此名传世。

么出身高贵的人就是不一样，日夜盼望着大谷先生的大驾光临，真是受不了。

"不过现在就算是贵族也没什么大不了的了，在战争结束前要想追求女人，装作被除籍的贵族子弟是最好的。不知怎么的，女人们总是轻易上钩。用现在流行的话来说，这大概就是所谓的'奴性'吧，而我觉得这种人是老奸巨猾，不过就是个贵族，在夫人的面前说可能有些失礼，不过就算是四国贵族的旁系次子，他的身份和我们有什么不同？更不会这么轻易地上当受骗。不过不知为何我总是拿那位先生没辙，每次虽然下定决心无论他怎么央求我，都绝不会给他酒喝，可每当看到他仿佛被人追赶着，意外地出现在我们店里，仿佛很安心的样子，不禁心软下来就把酒给了他。就算他喝醉了，也不会撒酒疯，如果他能乖乖付账的话，还真是个好客人。他既没有主动向别人吹嘘自己的身份，也没有夸耀说自己是个天才。每当阿秋在一旁向我们吹嘘大谷先生有多么厉害的时候，他总是说什么'我想要钱''我想付账'这样的话，让场面变得十分尴尬。大谷先生至今为止还是一次都没有付过酒钱，但阿秋则时不时地替他付账，而且大谷先生除了阿秋之外，还有一个不能让阿秋知道的情人，那个女的好像是哪家的夫人，偶尔也会和大谷先生一起来我们店里，总是帮他多付很多钱。我们好歹也是商人，要是没人帮他付钱，不管他是大谷先生还是什么皇亲贵族，总不能让他们一直白喝酒吧。

"不过仅凭那些垫付的钱，也还是远远不足以付清的，这我们不就吃大亏了吗。据说大谷先生家住小金井，还有一位不错的夫人，就想登门拜访商量一下酒钱。我曾若无其事地向大谷先生打听他家住哪儿，但他马上察觉到我的心思，说什么没有就是没有，为什么要这么着急呢，弄得不欢而散多不好之类的令人生气的话。尽管如此我们依旧想尽办法想要弄清先生住哪儿，还偷偷跟踪过他两三次，然而每次都被他甩掉。

"不久之后东京接连遭到大规模空袭，不知怎么的，大谷先生竟戴着战斗帽闯了进来，擅自从抽屉里把白兰地的酒瓶给拿了出来，咕嘟咕嘟地站着大口饮酒，然后如风一样消失得无影无踪，钱自然是没有付。不久战争结束，我们也开始大摇大摆地进一些黑市的酒菜，在店铺门口挂上新的帘子，再怎么穷也要做生意啊，为此还特地雇用了一名陪客的女侍，没想到那位魔鬼先生又出现了，不过不是总带着女人，有时会带着两三个新闻记者或是杂志记者一起来我们店里，听那些记者念叨着从今往后军人要走向没落，而贫苦至今的诗人将会成为这世间新的宠儿。然后大谷先生就会对他们说一些外国人的名字或是英语哲学之类的莫名其妙的话，随之立马起身离开，再也没有回来。而记者们则一脸扫兴地说道：'那家伙死哪儿去了？我们也差不多准备回去吧。'说罢便开始收拾准备走了。我叫住他们，说道：'请先别走，大谷先生一直都是这样溜走的，他的酒钱要由各位来付。'他们中有的人愿意老老实实凑钱买单回去，但也有的人怒斥道：'让大谷自己来付！我们可是靠着五百块过日子啊。'哪怕被他们凶，我依旧对他们说：'不，各位知道大谷先生至今为止欠了我多少钱吗？如果各位能替我讨回一些他欠的酒钱，我愿意把其中的一半分与各位。'听我这样说，记者们一脸惊讶地说：'什么嘛，没想到大谷是这样的卑鄙小人，再也不会跟他喝酒了。我们今晚就带了不到一百块钱，明天再来付清，在那之前就暂且把这个押在这里吧。'说罢豪爽地脱下了外套。虽然世人都说记者品性不好，但和大谷先生比起来，那些记者可要实诚爽快多了。如果说大谷先生是男爵家的二少爷，那么那些记者可以说得上是公爵家的一家之主了。

"战争结束后，大谷先生的酒量可谓是更上一层楼，面相也凶恶不少，还开着一些以前从未开过的极其下流的玩笑，甚至当场和他带来的记者扭打起来，甚至还神不知鬼不觉地勾搭上了我们店里雇用的未成年女孩，我们也着实感到惊讶。虽然十分头疼，但既然生米已经煮成熟饭，我们也只好忍气吞声，并且再三叮嘱她不要再与大谷来往，偷偷地把她送回老家。'大谷先生，我别的也不多说了，求求您，以后别再来我们店里。'哪怕我这样恳求，他仍旧十分卑鄙地威胁我说：'自己做着见不得人的生意，现在居然还想装什么普通人，你们的底细我可是知道得一清二楚。'然后紧接着隔天的晚上又若无其事地来到我们店里。我们可能就是因为在战时做了太多见不得人的买卖，老天才会派这么一个怪物来惩罚我们吧。

"但今晚他居然做出如此过分的事，哪里还算得上什么诗人先生，分明就是一个小偷，他可是偷了我们足足五千块钱。我们现在进货要花不少钱，家中的现金顶多也就有个五百一千，不，说真的，我们赚的钱一到手就得用来进货。今天我们家里之所以会有五千块，是因为快过年了，我挨家挨户地去常客的家里要酒钱，好不容易才收到了这么多，这些钱如果今晚不马上用来进货的话，明年正月我们的生意就做不下去了，可谓是我们的救命稻草。内人在算账时把钱放在了里面房间壁橱的抽屉里，好像被独自在外面房间喝酒的大谷看到了，他突然站起来毫无顾忌地闯入里面的房间，一声不吭地推开她，打开抽屉，一把抓起五千块的钞票塞进了外套的口袋里。我们在震惊之余，立刻下到泥地间出门追赶，我和老婆大喊着一起在后面追，事到如今我只能大喊抓小偷，本想让过路人一起把他绑起来，但大谷先生好歹也是我们的熟人，这样做的话有些太过无情了，就想着今晚绝对不能跟丢了大谷先生，他跑到哪儿我们跟到哪儿，等到确认了他的落脚处，再和和气气地跟他商量让他把钱还给我们。我们夫妇齐心协力，好不容易今晚找到了这里,强行抑制住自己忍无可忍的怒火,好言好语地劝他还钱。唉,你说这都是什么事,他连小刀都掏出来了,还想拿刀伤人,真是岂有此理。"

我再次莫名地感到好笑,忍不住笑出了声,老板娘也稍稍红着脸笑了笑。我止不住地笑,觉得有点对不起老板,但总觉得出奇地可笑,笑个不停以至于眼泪都流了出来。我忽然想到丈夫诗中所写的"文明的最终都是大笑",会不会指的就是这样的心情。

二

总之,这并非大笑就能解决的事,我考虑一番,当晚对他们说道:"这件事我会想办法处理,所以恳请二位迟一日再向警察通报,明天我会亲自上门拜访。"之后详细地向他们打听了中野那家店铺的地址之后,勉强征得了他们的同意,暂且让他们先回去了。之后便一人坐在冰冷的房间思索起来,可也想不出什么好主意,就起身脱下外套,随后钻进了儿子睡觉的被窝里,一边抚摸着他的头,一边祈愿明天永远不要来临。

我的父亲以前在浅草公园的葫芦池畔摆着小摊子卖关东煮,母亲去世得早,父亲和我一起住在大杂院里,关东煮也是我们两个一起经营的。当时我的丈夫时不时会来小摊,不久我便开始瞒着父亲,在别处和丈夫约会。肚里怀了他的孩子,虽然几经周折才成为他名义上的妻子，事实上连结婚证都没有领，儿子则成了私生子。他有时会连着三四天不着家，甚至一个月没回家的事情都发生过，也不知他在哪儿做些什么，只是每次回来，总是烂醉如泥，面色铁青，大口大口地仿佛很痛苦地喘着粗气，默默地看着我，然后眼泪扑簌扑簌地往下掉，有时还突然钻到被窝里紧紧把我抱住——

"啊，我受不了了！我好怕，好怕！救救我！"

边说身体还一个劲地发抖。睡着之后则要么说些梦话，要么痛苦地呻吟，第二天早上就像丢了魂一样精神恍惚，然后突然消失得无影无踪，这一走又是三四天不着家。多亏了丈夫在出版社的旧交出于对我和孩子的担心，时不时地拿钱给我们，才好不容易活到今天，而不至于饿死。

我迷迷糊糊地陷入睡眠，一睁开眼，发现清晨太阳的光线从遮雨窗的缝隙间照射进来，于是起床穿戴好之后背起孩子就出门了。现在已经没有心情继续默默地在家待着了。

我漫无目的地走到了车站，在车站前的小摊买了糖给孩子吃，然后一时兴起买了去吉祥寺的车票。乘上电车，抓着扶手在不经意间看到了贴在电车天花板上的海报，上面出现了丈夫的名字。这海报是给杂志做广告用的，丈夫好像在那本杂志上发表了一篇题为《弗朗索瓦·维庸》的长篇论文。在我盯着弗朗索瓦·维庸这个标题和丈夫的名字的时候，不知为何，感到心里一阵酸楚，眼泪直流，海报也变得模模糊糊的看不清了。

在吉祥寺下车之后，便去井头公园走了走，真不知多少年没有来过这儿了。池畔的杉树已经被砍得精光，看样子这块地马上要施工了，这光秃秃的土地让人心生凄凉，这儿和以前已经完全不一样了。

我把孩子从背上放下来，两人并排坐在池畔快要坏掉的长椅上，随后把从家中带来的芋头给孩子吃。

"儿子，这池塘多美呀！从前呀，这池子里可有许许多多的小金鱼和小鲤鱼，不过现在什么都没有了，真没意思呀。"

儿子不知在想些什么，吃着芋头把嘴塞得鼓鼓，还莫名其妙地咯咯笑着，虽然是我的儿子，但基本上就是一个小呆瓜。

但我知道无论在池边的椅子上坐多久，问题都无法解决。于是我又背起儿子，晃晃悠悠地折回吉祥寺车站，先是逛了一圈热闹的商店街，随后在车站买好回中野的车票，既没仔细想过也没有什么计划，仿佛渐渐被吸入魔法的深渊。坐上电车来到中野，按照昨天他们告诉我的路线行走，找到了那对夫妇经营的小料理屋。

因为大门是没有开的，于是我便绕到后面进了店铺。老板不在家，只有老板娘一人正在打扫店铺。当我看见了老板娘后，竟流利地说起连自己都意想不到的谎言——

"那个……阿姨，钱看来能够还清了，可能今晚，最迟明天就可以还给您。这事儿很有希望，所以您也不必担心了。"

"哎呀，那可真是太好了，多谢多谢。"

老板娘如是说，虽然脸上露出了喜悦的神情，但依旧夹杂着少许不安。

"阿姨，我说的句句属实。确确实实会有人把钱送交过来的。在他来之前我愿意当个人质一直待在这里。这样您总能放心吧，在钱送来之前，就请让我在店里帮忙吧。"

我放下了背上的儿子，让他一个人在里面的房间玩耍，手脚不停地勤快干起活来。因为儿子早就习惯独自玩耍，一点也不会妨碍到我工作。不知是不是脑子不好使的缘故，这孩子也不怕生，冲着老板娘直笑。我去拿老板娘家的配给物资的时候，他便把从老板娘那儿拿来的美国罐头的空罐当玩具，又是敲又是转的，老老实实在六叠间的角落里玩耍着。

到了中午，老板采购好了鱼和蔬菜后就回来了，我一看到老板的脸，就像说绕口令一样撒着和刚才一样的谎。

老板吃了一惊，呆呆地瞪大双眼说："是吗？不过夫人啊，钱这东西如果不是握在自己手里可靠不住啊。"

他的口气非常平静，仿佛在教育我一般。

"不，这确实是真的，所以就请相信我吧，报警的事情就劳烦您再宽限一天。在那之前，我都会在店里帮忙干活的。"

"只要能把钱还我，我也没什么怨言了。"老板仿佛自言自语一般地念叨着，"毕竟再过五六天就要过年了啊。"

"是啊，所以我……哎呀，有客人来了。欢迎光临！"我对着进店的三个手艺人打扮的客人笑了笑，然后小声地对老板娘说："阿姨，不好意思，围裙借我穿一下。"

"哟，雇了个美人啊，老板你可真厉害。"

一位顾客这样说道。

"你们可别打她的主意啊。"老板一脸正经地说道，"这身子骨可值钱了。"

"莫非是价值百万美金的名马？"

另一位客人则开起了粗俗的玩笑。

"再有名的马，母的也就值一半的钱。"

我温着酒，毫不示弱地以粗俗口吻回答道。

"别谦虚，今后的日本，不管是马还是牛，都要男女平等啦。"最为年轻的客人大声嚷嚷道，"小姐我喜欢上你了，一见钟情啊。不过，你是不是已经有孩子了？"

"没有。"老板娘把孩子从里面抱出来说，"这是我们最近从亲戚家抱养来的小孩，这样一来我们终于也有后继之人了。"

"钱也挣到了。"

一位客人这样打趣道。而老板突然严肃起来,小声嘟囔着:"既会泡妞,又会欠债。"然后忽然话锋一转问道:"请问要点些什么,什锦火锅怎么样?"

那时,我突然明白了一件事。"果然如此啊!"这样想着,暗自点了点头,表面上则若无其事地把酒瓶端给客人。

那天好像正值圣诞节的前夜祭,正因如此,客人络绎不绝。虽然我从早上开始就什么也没有吃过,但不知是不是因为肚子里装满了心事,虽然老板娘也劝我吃一些东西,但我只是回答说不用,我已经很饱了。仿佛身披羽衣翩翩起舞一般,轻盈地一个劲儿干着活。也许这样说显得我很自恋,那天店里热闹非凡,前来询问我的名字或是请求和我握手的客人可不止两三个。

然而,这又算得了什么呢。我依旧没有想到任何办法。只是笑着,面对客人们下流的玩笑,还要用更加下流的玩笑来回复他们。在客人们之间来回斟酒,渐渐地,我想像冰淇淋一样融化掉然后被冲得一干二净。

果然,这世上偶尔还是会有奇迹发生的。

大概九点刚过,一个男人头戴圣诞节的纸制三角帽,像鲁邦那样用黑色假面遮住了脸的上半部分,还带着他的夫人一起来到了店里,夫人看起来三十四五,瘦且漂亮。男人背对着我们坐在了泥地间角落的椅子上,但在他进店的瞬间,我就认出他是我那偷人钱财的丈夫。

而丈夫似乎完全没有注意到我,于是我也装作不知情的样子继续和其他客人打情骂俏。然后那位夫人和丈夫面对面地坐了下来,说道:"服务员,过来一下。"

"我这就来。"

我应声答道,然后走到二人的桌子跟前说道:"欢迎光临,请问是要喝酒吗?"

在我说话的时候,丈夫偷偷从面具底下看了我一眼,果然十分惊讶,而我则轻轻地抚着他的肩说道:"祝你们圣诞快乐!是这样说的吗?您看起来还能喝一升左右呢。"

夫人不理睬我,一本正经地说道:"服务员,不好意思,我有些话想私底下和这里的老板说,能不能请他过来一下?"

我去里面找正在做油炸食品的老板,对他说道:"大谷回来了。请您去找他吧。不过请不要向与他同行的女人透露我的事情,我不想让他蒙羞。"

"他可算是来了。"

老板虽然对我的谎言半信半疑,但好像还是蛮信任我的,估计单纯认为丈夫是受到我指使才回来的。

"不要把我的事情说出来呀。"

我再次提醒道。

"如果您觉得这样更好的话，我会照做的。"

老板非常爽快地回答道，随后便去了外间。

老板粗略地将外间的客人扫视了一遍，然后径直向丈夫的位置走去，和那个漂亮的夫人交谈了几句，便三人一起走出了店铺。

"已经结束了，万事解决。"不知为何我心生这样的念头。由于太过高兴，我就这样穿着藏青碎白花纹的衣服冷不防地握紧了一个未成年的年轻客人的手腕，说道："喝酒吧，呐，喝酒吧。今天可是圣诞节呀。"

## 三

仅仅过了三十分钟，不，甚至更快，我有些惊讶。老板独自一人回来，走到我的身旁说："夫人，真是多谢您了，钱我已经收下了。"

"这样啊，那可真是太好了，他已经还清了？"

老板非常奇怪地笑着说道："是的，虽然只还清了他昨天偷的那部分。"

"他至今为止一共欠了多少钱？大概说一下，尽量少算点儿。"

"两万块。"

"就这么点儿？"

"我可是少算了不少的。"

"请让我来偿还吧。老板,明天起我能不能在这儿上班?就这样让我打工抵债吧。"

"什么?夫人,您可真是个阿轻[1]啊。"

我们不约而同地笑了起来。

那天晚上十点,我离开了中野的店铺,背着孩子,回到了我们在小金井的家。丈夫果然没有回来,不过我并不在意。明天只要再去那家店里,说不定还能碰到丈夫。为什么我一直都没想到这么好的办法呢,直到昨天为止我付出的辛苦,说到底就是因为我太傻,才没能想到这样的好主意。我好歹以前在浅草和父亲一起摆过摊,招待客人方面也绝非不擅长,今后一定能够在中野的那家店铺做得有声有色。实际上光是今晚,我就收到了接近五百块钱的小费。

听老板说,丈夫好像昨晚逃跑之后便住在了某个熟人家,然后今天一大早就闯到那位漂亮夫人经营的酒吧里,喝起了威士忌。然后以圣诞节礼物为名给了在那家店里工作的五个姑娘不少钱。中午则叫了一辆出租车不知去了哪儿,过了一阵子,把圣诞节的三角帽和花式蛋糕拿到店铺里,甚至连火鸡都带上

---

[1] 阿轻:阿轻是《假名手本忠臣藏》中为丈夫卖身的人。

了。然后让人到处打电话把他认识的人全都叫来，举办了一个大型宴会。酒吧的老板娘便起了疑心，因为他平时明明都是身无分文的。于是追问了一下，没想到他把昨晚的事情一五一十地全盘托出。这个老板娘好像以前就认识大谷，总而言之继续让他把事情闹大惊动了警察也不好，便恳挚地劝他一定得还钱，钱则是由老板娘自己垫付，于是就让丈夫给她带路来到店里。中野的店老板对我说："我猜想差不多也就是这样，不过，夫人，得亏您能想到这么个办法啊。是拜托了大谷先生的朋友吗？"

他说得仿佛我早已料到他会回来，才提前来店里等着似的。我笑了笑，草草地答道："对啊，可不是嘛。"

从第二天开始我的生活焕然一新，充满了喜悦。我立马去理发店做了头发，买了一套化妆品，重新缝补了一下衣服，老板娘还送了两双白色短布袜给我，至此心中的苦闷被抹得一干二净。

早上起床后和儿子两人吃了早饭，做好了便当之后就背上他去中野上班。除夕和正月是店里生意最兴隆的时候，椿屋的小早——这是我在店里的名字，这位小早，每天都忙得团团转，丈夫差不多每两天会来喝一次酒，账都算在我头上，然后忽然又消失得无影无踪，夜深了之后则又来到店里悄悄地对我说："回家吧。"

我点了点头开始收拾，就这样我们时不时会一起开开心心地回家。

"我们为什么不一开始就这样呢？我现在真的好幸福。"

"女人不存在什么幸福不幸福的。"

"是这样吗，被你这么一说我还真有点这种感觉，那你们男人呢？"

"男人只有不幸，时刻都在和恐惧做斗争。"

"我搞不太懂。不过我想一直这样生活下去。椿屋的老板和老板娘都是非常好的人。"

"那些人都是傻子、乡下人。别看他们这样，其实还很贪心。让我喝酒最后就是想赚我的酒钱。"

"那人家毕竟要做生意啊，这是理所应当的。不过你要说的应该不止这些吧？你是不是还撩过老板娘？"

"那是以前了，那老头子发现了吗？"

"他好像知道得一清二楚。毕竟他曾经叹着气说你'既会泡妞，又会欠债'呢。"

"我虽然看上去挺装模作样的，但是我想死想得不得了。我从出生开始，脑子里尽想着死。我的死也是为了大家好，这准没错。可即便如此，想死也没那么容易。有一个奇怪又可怕的像神仙一样的东西总是不让我寻死。"

"因为您有工作要做。"

"工作根本算不上什么,更不存在什么杰作和劣作。人们要是说这作品好,它就是好的;说它不好,那便是不好的。就像人呼气和吸气一样。真正令我感到害怕的是,这世上的某处有神明存在。"

"啊?"

"有吧?"

"我可不知道呀。"

"哦。"

在椿屋干了十几二十天之后,我发现来这儿喝酒的全都是些罪犯。我甚至觉得丈夫还远比他们要好。不只是店里的来客,就连路上的行人,我也感觉他们全都在背后隐藏着某些见不得人的罪孽。一个五十多岁的夫人穿得光鲜亮丽,从后门进来卖酒,她明确地说道,一升酒三百块,相较于现在的行情算是比较便宜的了,于是老板娘马上就答应了这笔生意,没想到是掺了水的假酒。就连看起来这么高贵的夫人也不得不干出这样的勾当,想要纯洁无垢地在这样的世道生存下去是不可能的。玩扑克牌的时候,所有的坏牌凑在一起就能变成好牌,而社会的道德,能否像扑克牌一样"负负得正"呢?

如果真的有神明的话,就请你出来吧!就在正月末,我被店里的客人玷污了。

那晚下着雨。丈夫没有来到店里,但丈夫的旧相识,那位时不时给我们送来生活费的矢岛先生和与他年龄相近的同事二人来到了店里,两个人边喝着酒,边高声地半开着玩笑争论关于大谷老婆该不该在这里工作的事。

我笑着问道:"那位夫人现在在何处呀?"

矢岛先生说道:"虽然不知道她在哪儿,但至少比椿屋的小早你要更漂亮有气质。"

"真叫人嫉妒,如果是大谷先生的话,哪怕只有一晚也好,我也想和他共度良宵啊。我就喜欢像他那样狡猾的人。"

"所以说嘛……"

矢岛先生说罢,把脸转向同伴,撇了撇嘴。

那时候,和丈夫一起来的记者都已经知道了我就是那个诗人大谷的老婆,还有不少好事的人听说后特地来戏弄我,而店里则是越来越热闹,老板的心情也越来越好了。

那天晚上,矢岛先生他们接着又谈起了黑市纸的生意,等他们打道回府的时候已经过了十点。我想着今晚下了雨,丈夫估计是不会来了,虽然还有一位客人留在店中,我还是开始收拾准备回家。背起睡在里间角落的儿子,我对老板娘小声说道:"又要借用您的伞了。"

"伞的话我也有带,就让我送您一程吧。"

说着,店里剩下的那位看起来二十五六岁,身材瘦小,工人打扮的客人站了起来。这人我今晚第一次见。

"不麻烦您了,我已经习惯一个人回家了。"

"不,您家可远了,我是知道的,因为我也是住在小金井附近的。就让我送您一程吧,老板娘,结账。"

他在店里只喝了三瓶酒,看起来也没多醉。

我们一起坐电车到小金井,下车后在一片漆黑的道路上合撑着一把伞并肩走在一起。那个年轻人在此之前都一声不吭,这时又吞吞吐吐地说起话来:"我认识您。我呀,可是大谷先生的诗迷呢。我呢,也在写诗。之后也想让大谷先生帮我看看,不过总觉得呢,他有点可怕。"

到家了。

"今天真是多谢您了,我们回见。"

"好的,再见。"

年轻人在雨中渐行渐远。

深夜,一阵敲门声将我唤醒,我心想又是那烂醉如泥的丈夫回家了,便继续睡着,没有作声——

"打扰了,大谷夫人,请开开门。"

传来了男人的声音。

我起床打开电灯来到门口一看,原来是刚刚那个年轻人,他摇摇晃晃地站都站不直。

"夫人,真不好意思,我回家路上又去小摊那儿喝了点酒,其实,我家是在立川,等我到车站一看,已经没有电车了。夫人,求求你了,让我住一晚。我也不需要被子,直接睡在门口的地上就可以。就让我睡到明天第一班电车发车吧。要是没下雨,我就睡在附近的屋檐下了,但这雨下得太大,实在是睡不得。求求您了。"

"我丈夫也没在家,如果这地板就可以的话,就请便吧。"

我说完,拿来两块破破烂烂的坐垫给他。

"真是辛苦您了,啊,真是喝醉了。"

他痛苦地小声说道,然后就躺在了地上,等我回到被窝的时候已经能听到他响亮的鼾声了。

第二天天亮,我就这样轻易地被他玷污了。

那天我表面上如同平常一样,背着儿子去店里上班了。

在中野店铺的外间,丈夫把装着酒的杯子放在桌上,正一个人读着报纸。杯子被清晨的阳光照射着,让人觉得很美。

"就你一个人?"

丈夫回过头来看着我说。

"嗯,老板进货还没回来,老板娘刚刚好像还在厨房的,现在不在了吗？"

"昨天晚上你没来吗？"

"我来了，最近如果不来看看椿屋的小早我就睡不着啊，十点过后我来这里看了看，老板娘说你刚走。"

"然后呢？"

"就住在这里了，雨哗哗下个不停。"

"我要不要今后也住在这儿呢？"

"这也不错嘛。"

"那就这样吧。一直租着那间房子，也没什么意义。"

丈夫默默地注视着报纸——

"哎呀，又写我的坏话了。说我是什么享乐主义者，假贵族，这说法不对。应该说是害怕神明的享乐主义者。小早，你看看，这里还说我人面兽心呢。这可不对。现在我可以告诉你了，去年年末我从这里拿走五千块是为了你和儿子啊，想用那笔钱好好过个年。就是因为我不是人面兽心，才会做出那种事的。"

我没怎么感到高兴，说道：

"人面兽心也没什么不好的，我们只要能活着就行了。"

生命的路上谁没有负重前行

## 告诉你

　　有人问为什么人生总是很苦？因为人一生下来就要"哭"啊，这样的人生又怎能不苦呢？当然，这是戏言，但不得不承认在人生路上我们每一个人都是在艰难跋涉、负重前行。中野的夫妇表面上看经营店铺，小有起色，背地里却干着贩卖假酒的生意；大谷先生平日里跟人谈古论今、风度翩翩，可谁又能想到他只是个四处欠钱、逃避现实的懦夫？大谷夫人正值芳华的年纪，却囿于大谷的阴影之下，毫无生机可言。

　　一帆风顺的人生是不存在的，每个人都是顶着生活中的压力艰难地爬行着，每个人都会有自己心中隐忍着的苦楚，但是这并不是我们选择放弃的理由。大谷夫人面对冷清的家，面对身体虚弱的孩子，面对终日不着家的丈夫，青春的年华就在这些琐碎中缓缓溜走，所以当中野的夫妇来到家里要债的时候，她仿佛看到了生活的转机，并狠狠地抓住这个机会不放，虽然只是作为酒馆中的一个服务员，但这样似乎也没什么不好，无论是对生活充满希望还是失望，我们只要能活着就够了。

# 人生只有一半的自由

《十三夜》樋口一叶

所谓世间 那就是你

一

平常的时候，阿关总是坐着威风的黑漆包车回娘家，当听见那车子停在家门口的时候，父母总会猜想大概是女儿回来了，便一起出去迎接。然而今天，阿关随便找了一辆在街头候客的车回家，悄悄地站在家门外。家里面的父亲依旧是扯开嗓子大声交谈着。

"说起来，我也是个有福的人，孩子们都孝顺，平时也没有什么要操心的事，周围邻居可都是人人称赞呢。只要别过分奢求，还有什么不满足的呢？哎呀，真是谢天谢地。"

"父亲大概是在跟母亲交谈着。唉，父母可能到现在什么都还不知道，还是那么高兴的样子，我怎么好意思对他们说我想要离婚的事情呢？说了准会受到他们的责备吧。而且我不顾太郎就私自跑了出来，本来是想了又想才下定决心的，可是一想到这样做会惊动父母,让他们的喜悦都化为泡影,我又感到于心不忍。还是算了,就这样回去吧,回去之后,我还是太郎的母亲,人家也会敬我是原田家的夫人,父母也能继续以女婿是奏任官为荣。自己平时节省一点的话,还能给父母买点儿喜欢吃的东西,或者是送些零用钱过来什么的。相反地,如果我想要离婚的要求被允许,那么太郎就有可能会受到继母的虐待,父母也不能再以我为荣向人吹嘘,见到周围邻居还要低着头走路。还有那些不明真相的风言风语,弟弟的前途。唉,还是回去吧!回到我那个如同魔鬼一般的丈夫身边吧,那个魔鬼般的丈夫身边,不,不要这样。"阿关一想到这里,就浑身颤抖起来,身体也失去了重心,猛地倒向家里的格子门。

"谁呀?"从屋里面传出父亲的一声吆喝。他可能还以为是过路的野孩子的恶作剧。

在外面的阿关讪讪地笑了笑,娇声回答说:

"爹,是我呀。"

"我?哪个我呀?"说着,父亲拉开了纸门。

"哟,是阿关呀,怎么在外面干站着,还这么晚过来,不坐车也不带一个用人过来。真是的,进来,快进来吧。你来得这么突然,教我们一点儿准备都没有。快别管格子门了,我来关。快进来,坐到那个月光照得到的地方。来,坐在坐垫上,坐在坐垫上吧,那个榻榻米有点儿脏了,已经跟房东说过这件事了,可是听说工人们都不得空。快拿个坐垫坐吧,别把衣服弄脏了。怎么这么晚才过来呀?家里都还好吗?"

父亲像往常一样客客气气的,他依旧把女儿当作原田家的夫人对待。阿关感到如坐针毡。她强忍着眼泪说道:

"托您的福,虽然天气不好,但全家大小都很好。这么久都没来看您,实在太对不起了,您和娘都还好吗?"

"我嘛,我是连个喷嚏都不曾打过。你娘呢,偶尔生理期来了还会气血不足,不过也不是什么大事,盖上被子睡一觉也就好了。"说完父亲就大笑了起来。

"亥之呢?今天晚上怎么不见亥之,他出去了吗?"阿关问道。

母亲一边倒茶一边笑容满面地说:"亥之刚去夜校了。他呀,多亏你,前几天科长还给他升职加薪了呢,真叫人高兴。你爹还每天跟我讲,这些都是托原田先生的福啊。你是个聪明人,不用我多嘴,以后还是要好好伺候原田先生才是。亥之那孩子不会说话,就算碰见原田先生也只是结结巴巴打个招呼,不会说什么得体的话,所以还是只能靠你在当中传达我们的谢意,拜托他多关照关照亥之的前途。现在正是要换季的时候,天气不怎么好,太郎在家里怎么样?今晚怎么没把他一起带过来,外公正想他呢。"

听到母亲这么说，阿关心里又感到一阵苦楚。

"本来想把他带过来，但这孩子晚上睡得早，我出门的时候他睡得正熟呢。唉，这孩子越来越调皮捣蛋，真是拿他没办法。出门的时候就喜欢到处乱跑，回到家里又老是黏着我，不肯听话，怎么就这么不懂事呢。"

说到这，阿关心里又难受起来，当初心一横把孩子丢到家里，现在恐怕也睡醒了，"娘，娘"地呼唤着，给他饼干、糖果也没用，让用人们伤透了脑筋，大家只好吓唬他：不吃，不吃，不吃就要把你喂鬼去了。啊，真是可怜的孩子，阿关忍不住想哭出来，但是当着欢喜的父母的面，又不敢真正地吐露心声，只好悄悄地用衣袖拂拭着眼泪。

"今天是旧历十三夜，虽然说有些老套，但也是中秋节的习俗，娘做了些赏月的糕饼。知道你喜欢吃，本来想让亥之给你带点儿过去的，但那孩子就是怕难为情，说什么这东西还是算了吧。而且中秋那天也没有给你送过去，这样反而有失礼节，所以虽然心里惦记着，却始终没有给你送过去。今天晚上你过来，我还跟做梦似的，这一定是上天保佑的结果吧。你在家里不愁吃不到好吃的，但这是娘亲手做的，都是你最爱吃的东西。来，今天就别端着夫人的架子了，做回从前的阿关，想吃什么就吃什么。

"我经常跟你爹讲呢。咱们的女儿是出人头地了，但是平常作为原田家的夫人要跟那些有头有脸、门第高贵的太太们来往，恐怕也是挺辛苦的吧。况且，平时对用人们的管理啦、招呼出入宾客什么的也是需要你多多操心，做个人上人，要比别人多几倍的劳苦，再加上这么个不体面的娘家，更加地要防止别人看不起。我和你爹有好几次都想去看看你，看看闺女和外孙的脸，可是又怕去得太频繁而被人讨厌，有时候一走到公馆门口，看着自己穿着布衣的寒碜样，就感到无所适从，只能眼睁睁地望着二楼的竹帘，心想：啊，不知道阿关在里面做什么呢？娘家要是稍微有些本事，你在别人面前也体面一些。可是，就跟这赏月的糕饼一样，你看，光是装它的盒子就够寒酸了，真不好意思在别人面前拿出来。"

阿关听到母亲的话，高兴之中却又流露出些许抱怨之情，随即说道："我也是真感到自己不够孝顺，在外面穿着柔软讲究的丝绸衣服，出门乘坐自用的人力包车，看起来很体面的样子，可是想为父母尽心尽力做一些事情，却总不能如愿。只不过是披了一件漂亮的外衣罢了。远不如每天跟父母在一起，做点儿兼职小工什么的来得舒服呢。"

"糊涂啊糊涂，这种话哪怕是开玩笑，也千万不要说了，哪有嫁出去的闺女还想返回来补助娘家的道理。以前在家里你是斋藤家的女儿，而如今出嫁了，你就是原田家的少奶奶。你只管伺候好原田先生，维持好家庭的和睦就行了。虽说平日里需要你多费心，但是你既然有这么大的福气，能够做原田家的少奶奶，就没有什么不能忍受的才是。女人啊，就是爱叨咕，你娘也真是的，净瞎扯些乱七八糟的事情。她因为你吃不上中秋的糕饼，今天可是唠叨了一整天哩。这糕饼也是你娘费心做出来的，你就多吃几个吧，也让她开心开心。"

阿关被父亲岔开话头，也不好继续说明来意，只得在旁边默默地吃着母亲准备的栗子啦、毛豆啦。

女儿嫁出去已经有七年的时间了，从来没有这么晚回过娘家来。没有携带礼物，又是一个人过来的，穿的衣裳似乎也没有平时那般华丽。起初因为看见久未谋面的女儿，阿关的父亲高兴得没有注意到这些。但仔细一想，她也没传达一句女婿问候的话，强装着笑脸，似乎有什么委屈的事。这其中大概有些难言之隐吧，父亲望了望桌上的时钟，试探性地问道：

"哟，都快十点了，阿关今晚要住在这儿吗？如果要回去的话，也差不多是时候了。"

阿关抬起头看着父亲的脸：

"爹，今晚我是有事请求您才回来的，请听我说。"

阿关将双手放在榻榻米上，低着头，眼角一直强忍着的眼泪，终是忍不住，倏地落了下来。

父亲也察觉到今天的事态非同寻常，膝行到阿关的面前，问道：

"这么一本正经的，发生了什么事？"

"今天晚上，我是下定决心不再回原田家才过来的。我是私自跑出来的，并没有得到他的允许。把太郎哄睡之后，决心再也不见他的脸走出来的。我把那个除了我之外，任谁也没办法哄的孩子哄睡了，趁着他睡熟的时候，把心一横走出了家门。爹，娘，请你们体谅女儿的苦衷。以前我从不曾向你们说过我在原田家的遭遇，也没跟旁人讲过我们两人平时究竟过着什么样的日子。我反复考虑了很久，两三年来我受尽了委屈，一直强忍着泪水，今天终于下定决心，想让爹娘帮我讨份休书。今后，随便我做什么，兼职做副业也好，做其他的也好，也可以帮亥之做个帮手照顾爹娘。请让我回来住吧！"

说完，阿关放声哭了出来，为了压住哭声，她紧紧地咬住衣袖，袖上染的水墨竹子，都被泪水洇成了紫竹，真是不管谁看了，都会觉得可怜吧。

"这究竟是怎么一回事？"爹娘纷纷感到惊讶，趋前问道。

"一直瞒着你们没有说，但只要能瞧上半日我们夫妻所过的光景，大概就能明白我的感受了。除非有事的时候，他绝对不会跟我说话，而且就算说话，也只是在用斥责的语气下命令罢了。

早晨向他请安的时候,他就会把头扭到一边,称赞着花花草草,故意装作没听见的样子。虽然心里很难过,但他毕竟也是自己的丈夫,我也只能默默忍受下来,不去跟他顶撞。可是他从吃早饭起,就开始数落我的不是,在旁人面前说我这不能干、那不能干,还不懂得礼貌,像口头禅似的整天说着贬我损我的话。我也知道自己没有在贵族学校里学习过,不像其他的太太那样懂得茶道、花道、和歌、画画,所以也不能和他谈论那些高雅的东西。可是他明明知道,让我悄悄地去学就可以了啊,何必要公开讽刺我的出身,害我在用人面前都抬不起头。刚嫁过去的时候,他还会'阿关,阿关'地关心我,可是等孩子出生以后,就判若两人。现在回想起来,简直叫人害怕,就好像被推进了幽暗的谷底,永远也见不到温暖的阳光了。

"起初,我还以为他这样对我是在跟我开玩笑,故意闹着玩,其实他早就对我心生厌倦了吧。或者他觉得这样对我就会逼我回娘家,跟他提出离婚的请求。爹娘都知道女儿的性子,无论丈夫在外面是如何拈花惹草,或者是去养姨太太,我都不会吃醋。偶尔我也能从用人们那里听到一些关于他的风言风语,可是我想:男人嘛,好色都是正常的事,何况他还是这么一个有才能的人。他出门的时候,我也会为他的穿戴格外费心,好好准备,尽量讨他欢心,不惹他生气。但是他对我的所作所为,统统不满意,连我吃饭的时候也会挑我的毛病，动不动就说'家里面待不住，完全就是因为你的问题'。可是既然这样，那就告诉我到底是哪里不对呀，怎么做才好呀，只是一直'无聊的家伙、没劲、笨蛋。没法跟你商量事情'地说着我，还用着讽刺的口吻对我说：'要不是因为你是太郎的妈妈，我早就不留你在这里了。'他根本就不是个丈夫，简直是个魔鬼。因为我疼爱着太郎，不忍心舍弃，所以就一直唯唯诺诺，不敢顶撞他，可这反而助长了他的气焰，骂我：'没志气的蠢东西，我一向就看不惯你这个样子。'可我如果真敢跟他顶嘴，他又会找理由把我赶出去。娘，我真的没有什么好在乎的，就算跟那个原田离婚，我也不觉得有什么好遗憾的。只是一想到那么小的太郎从此要失去亲娘，就突然没了志气，心也软了下来，只得跟他拼命地道歉又道歉，一直默默忍耐着。爹，娘，女儿的命真是好苦啊！"

积郁多年的愤懑倾泻而出。老两口也显得有些震惊、面面相觑，原来女儿在家是过着这样的生活，一时竟说不出话来。

还是做母亲的更疼惜女儿，听着女儿的哭诉，一字一句，感同身受，只觉得满腔的气愤。

"不知道她爹是怎么想的，我可不能不说两句。本来就不是咱们去求他来娶咱家的女儿，如今反倒说起身份不高、教养不好什么的，还真亏他说得出口。他们是都忘了吗，咱们这边可是记得清清楚楚呢。阿关十七岁的那年，门前的松枝还没来得及撤掉的初七的那天早上，在从前住的房子门口，阿关正和隔壁的小姑娘打着羽毛球，不巧球恰恰落在原田先生所坐的包车里，阿关跑去要回，和原田先生打了个照面。没想到这就被原田先生看上了，托人来一再地提亲。我当时就跟他们说过，门不当户不对的，而且阿关那时候还是个小孩子呢，也没有学习过女红啊、礼仪啊什么的，提起嫁妆就更不用说了，不知道这样婉谢了多少回。对方却说：'家里没有什么爱体面的公婆，是我自己想要娶她的，女红啊、礼仪啊什么的可以嫁过来再学，门第不同也不是什么大事。总之，答应把她嫁给我，我一定会好好对待她。'对方这样催了好几次，我们也没什么要求，对方却替阿关把嫁妆都置办好送过来了。我跟你爹平时不随便去他家串门，倒不是怕他的身份高，咱们阿关当初也是他托人说亲、明媒正娶过来的，又不是给他做小房姨太太的，照理说大摇大摆地出入他家都无妨。只是因为人家门槛高，我和你爹不想被人认为是想通过女儿的关系来获取女婿家的照应，也不是打肿脸充胖子，两家的礼尚往来，我们也尽力维持个适度的状态。平时就算是想去见女儿，也只能强忍着。

"可他现在说的都是什么胡话？像是捡了个没爹没娘的孤儿一样，没教养什么的，这话他也说得出口？不管他的话，他的脾气可就更大了，这样下去会给他惯成毛病的。当着用人的面贬低妻子，今后谁还会听你的话？再说，你是太郎的母亲，是要教育他的，如果让孩子也看不起他娘，那该怎么办？该讲的还是要讲明白的，他要再骂你损你，你就说：'我也有家啊。'然后回到爹娘的身旁来。真是的，受了这么大委屈也不说，都怪你太老实，才让他得寸进尺，你也有爹有娘，还有亥之，虽然年纪还小，但他也是你的亲弟弟。没必要在这火坑中受煎熬，是吧，孩子他爹，咱们去找原田先生，好好跟他算算账。"

母亲无法克制自己的情绪，愤愤地说道。

父亲则在旁边交叉着手臂，一直闭着眼睛倾听。

"唉，孩子他娘，你也别说些没道理的话了，这事情我也是第一次听说，不知道该如何是好。阿关的性子我也明白，不到万不得已的地步她是不会说出这些话的，一定是受到了莫大的委屈，忍了又忍，最终才走出来的。那么，女婿今晚他是不在家吗？还是他开口让你回来讨份休书？"

"从前天起他就没有回家了，他经常一连五六天地不在家，这已经不是什么稀奇的事了。可前天出门前，他还骂我衣裳准备得不够周到，虽然我一再跟他道歉，但他都不听，把衣裳脱下来扔到一旁，自己换上西装，还自言自语道：'再没有像我一样不幸的男人了，娶了个你这样的妻子。'说完，就走出了家。这都是些什么道理？一年三百六十五天也不说几句话，一说话就是这样尖酸刻薄，真叫人受不了。

"究竟是为什么如此忍让呢？是为了维持原田家夫人的脸面？还是为了这个做太郎的娘的身份？唉，我自己也搞不清楚，罢了罢了，我现在没有丈夫，没有孩子，就让我做回从前的那个阿关吧。我这么一想，也就下定决心了，虽然看着太郎熟睡的脸有些不忍，但还是一狠心走了出来，我已经不想再回到那个人的身边了。俗话说：孤儿也会成人。就把他交给后娘，交给姨太太们吧，与其被这个不被宠爱的亲娘抚养，还不如跟着被她爹喜欢的女人，这样一来，他爹也会疼爱他，也会对他多加照料。从今天晚上起我可是不再回原田家去了。"

说是这么说，可是阿关微微颤抖着的嘴唇，暴露了她深深的念子之情。

父亲听完后，叹息一声：

"唉，这都是些什么事，真是苦了你了。"说完，父亲凝视着阿关的脸，女儿梳着一个圆形的大发髻，在发梢的末尾缠着金色发绳，在身子的外面披着一件黑丝绸外褂，虽然明白是自己的女儿，但看起来已经有些大家夫人的风范了。假如让女儿像普通的人家那样梳着盘头髻，穿一身灰布棉服，再把袖子卷起来去洗衣做饭，哪个父亲会忍心这样做呢？而且，现在也已经有了太郎这个孩子，若是为了一时的气愤而舍弃这难得的幸福，恐怕也会招

所谓世间 那就是你

人家笑话。再者，要是回来做斋藤家的女儿，那么以后不管是哭也好笑也罢，都决不能再做回原田家的夫人了。就算对丈夫不再留恋，但是母子之情又怎是那么简单就可以割断的呢？离婚之后她一定会倍加思念太郎，日子则会过得更痛苦。生得标致反而成了女儿的不幸，这门不当户不对的婚姻成了女儿痛苦的源泉。父亲不忍心让女儿在这样的家庭里受苦，但还是下定决心说道：

"喂，阿关。爹这么说，你可能会觉得爹无情，不懂得疼爱你。但爹不是想要说你，你和他出身本就不同，想法也当然都不一样。虽然你觉得你是诚心对他，但在他看来可能并不是他想要的。他毕竟是个读过书的人，聪明、能干，也通晓这些道理。他也未必是真心想要欺负你，只是这种有能力的人，往往都有些怪脾气。他们在外面处理得井井有条，回家之后却对着妻子发火，做这种人的妻子当然是会受些委屈，不过本来就该和那些随便拎个便当去上班，回家之后则帮忙生个火的下级官吏不同。所以呀，女婿的脾气可能乖张了一点儿，不过做妻子的就是要好好伺候丈夫才是。虽然表面上大家都不说，但世间为人妻子的，哪有全都是无忧无虑的。若是只考虑自己一个人的遭遇，难免会心生怨恨，若是想到世事本就如此，尤其是你和他的身份如此悬殊，那难免会吃些苦头吧。

"虽然你娘她尽说些大话，但亥之现在能够挣这么多钱，还不是多亏了原田先生帮忙嘛，我们可不止沾了他一点儿的光，应该非常感激他才是。所以哪怕日子过得辛苦些，一是为了父母，二是为了弟弟，更是为了太郎这个儿子，既然你都已经忍受到了今天，今后也没有忍不了的道理。我们是可以帮你讨来休书，但你这样跟他离婚真的好吗？从今以后太郎就是原田家的孩子，而你则是斋藤家的女儿，一旦跟他断绝了关系之后就再也不能见到太郎了。反正都要为自己的不幸而烦恼，那么还不如作为原田的妻子尽情烦恼便是！阿关，你说，难道不是这样吗？如果你想通了，就把一切都装在心里，当作什么都没有发生过。今晚就先回去吧，像过去一样小心翼翼地过日子！就算你平时说不出口，你的父母和兄弟也都能体谅你的苦衷，把你的眼泪分给我们，要哭大家一起哭吧！"

父亲晓之以理动之以情地对女儿说着，不由得擦了擦眼睛。阿关"哇"的一声哭了出来："是女儿太任性了，不该说什么想要离婚之事。如果我与太郎分别之后，连见他一面都无法实现的话，那我活在这世上还有什么意义呢？单单从眼前的苦难中逃离出来，根本起不到什么实质性的作用。只要自己能死了这条心，就不会引起各种各样的麻烦，至少那孩子也能在父母的保护下健康成长。都怪女儿我起了离婚这样无聊的念头，害得您老人家听见不愉快的话。从今以后，你们就当女儿我已化为魂魄守护在太郎身边。任凭那丈夫欺侮，哪怕是一百年我也能忍受下来。我也明白您话里的意思，今后我决不会再说出这样的话了，二位请放心。"说罢阿关擦了擦眼泪，却又马上哭了起来。

"真是个苦命的孩子！"母亲说完也大哭了起来。

当空的皓月显得有些孤寂，弟弟亥之从后边的堤坝上摘来插进瓶子里的野生茅草，如同在招手一般摇晃着它薄薄的穗子，使得夜晚更加凄清了。

阿关的娘家在上野的新坂下，回骏河台的路上长着一片幽暗茂密的森林，但今夜月色皎洁，走在大路上就和白天一样。因为家里没有雇用车夫，父亲就从窗口叫住一辆经过的洋车，对阿关说道："既然你都已经明白了，那就先回去吧！趁着丈夫外出不打招呼就擅自出门，如果被他发现，责问起此事，多少是会挨骂的。虽然现在有点儿晚了，但坐上车转眼就到。有话我们改日再说。今天晚上还是先回去吧。"父亲拉着女儿的手，仿佛恨不得亲手把她送出门一样。这都是做父亲的怕把事情闹大而让女儿一生不幸福的一番苦心啊。

阿关下了决心说："爹，娘，今晚的事情就到此为止。回家之后，我依旧是原田的妻子。做妻子的不该责难丈夫，女儿再也不说什么了。如果能让二位老人家高兴，想着'阿关有一位出色的夫君，她弟弟也算有了靠山，唉，咱们的心也踏实了'，如果是这样，那么我再没什么奢望了。我绝对不会再想着离家寻死之事，请爹娘不必担心。从今夜起，我这副身体就完全属于丈夫了，任凭他随意处置我便是。那我就先回去了。等亥之回来了，请替我向他问一声好。爹，娘，请多保重！女儿下次一定会带着笑脸回来！"

说罢，阿关无奈地站了起来。娘拿着干瘪的钱包，向门口的车夫问道：

"请问去骏河台要多少钱？"

"娘，这钱由我来付，不劳您费心了。"

阿关温顺地向父母告了别，迈出格子门，用袖子掩住眼角溢出的眼泪，惆怅地坐上车子。家中的父亲咳嗽起来，声音也不觉间哽咽了起来。

## 二

月色皎洁，风声萧萧，还时不时地传来阵阵虫儿的鸣叫声。愁容满面的阿关在这条幽静的小路上刚走了一百多米，车夫不知怎么地突然把车停了下来。

"非常抱歉，我只能载您到这儿了，车钱我也不收了，请下车吧！"

听到车夫的话，阿关心头一震：

"你这样说可叫我怎么办？我有点儿急事，劳驾你帮帮我的忙，回头多给点儿车钱就是了。这样的偏僻处，叫我上哪儿去找别的车？你简直就是在为难我，别磨磨蹭蹭的了，快继续走吧！"阿关声音微微发颤，像是恳求似的说道。

"我不是想多讨几个车钱，是我想请您下车，因为我实在不想再拉了。"

"这么说来你是身体不舒服了？还是有其他的什么原因？都已经把人拉到这里，现在却又说什么不想拉了，这是什么道理？"阿关厉声呵斥道。

"请你原谅我，我是真的不想再继续拉下去了。"说罢，车夫忽然提起灯笼，闪到一边。

"你可真是个任性的车夫啊！我也不要求你拉我到骏河台了，只要把我拉到能叫到车的地方就行。钱我会给你的，你再拉一段路，至少把我拉到大道上去。"阿关用温和的口吻向他央求道。

"您说的是，像您这样年轻的夫人，如果在这样四下无人的地方被丢下了，一定很为难吧。真是非常抱歉，请上车吧，我再拉您一段路，让您受惊了。"说着，他把灯笼握在了另一只手里，看上去倒也不像是坏人。阿关终于放下心来，安心地望着车夫的脸。这人看起来二十五六的样子，皮肤黝黑、个子不高，身材瘦削。阿关看着他那背着月光的脸，总觉得似曾相识，像是自己认识的某个人，几乎要叫出他的名字了。

"喂，你莫非是……"阿关不觉间对车夫问道。

"什么？"车夫一惊，回过头来仰视着阿关，"咦？原来是您？您该不会忘了我吧！"说罢像脚底打滑似的下了车，目不转睛地盯着她看。"您是斋藤家的阿关小姐，让您见笑了。因为背后没长眼，所以根本没注意到是您。本来一听到声音就应该认出您的，我的脑袋真是变得愚钝了。"车夫说着，难为情地低下了头。

阿关从头到脚打量着他说："不，不，哪怕是我，如果只是在路上遇到了你，也未必能认出你来。直到刚才为止，我都一直把你当作素不相识的普通车夫，你没认出我来也很正常。虽然感到很过意不去，但请你看在我不知情的分上，原谅我吧。你是什么时候开始做这行的？你的身体虚弱，拉车不会影响健康吗？我听别人说，伯母已经回到了乡下，小川街的铺子也关了。因为我也不像从前那样了，做什么事都不方便，别说去登门拜访了，就是连信也无法寄给你。现在你家住何处，嫂子的身体是否健康？有孩子了吗？以前的老店铺依旧卖着烟草，只是名字换成了'能登屋'，每当我去劝业工厂，经过那家店都会往店里看看。心里总是挂念道：'高坂家的录哥哥还小的时候，总是去那店里讨来一些碎烟渣，没大没小地抽着烟。他现在在哪里做着些什么呢？他是个性情温顺之人，在这多难的尘世里，他要如何谋生呢？'每次回娘家我都会试着向人打听，但我离开猿乐街已经五年了，也没有熟人能打听到你的消息，你知道我有多想念你吗？"

阿关忘我地向男子打听近况。男子却用毛巾擦了擦额头上的汗，说道：

"我现在只是一介车夫，没有可以称得上是家的归处。晚上就睡在浅草街一家名叫村田的廉价旅店的二楼，心血来潮便会像今天晚上这样在外面拉车，拉到很晚。如果不想拉车，就在家里晃荡着抽着烟。你还和以前一样漂亮。自从听说你当了夫人以来，我便日夜盼望着能与你再见一面，趁我还活着的时候能再与你畅谈一番。一直以来我都把自己这条贱命看作多余的累赘，但又多亏活着，今晚我才能与你相见。啊，你竟然还能记得我高坂录之助，真是不胜惶恐。"

录之助说罢低下了头。阿关则潸然泪下，说道：

"在这世上，不如意的不止你一个呀！"她接着又问，"大嫂呢？"

"你也认识吧，就是我家斜对面那杉田家的闺女，人们都没头没脑地一个劲儿夸她，说她皮肤白净，身材又怎样怎样。那时的我放荡不羁，基本上天天都不着家，家中的老顽固误认为我是因为到了年纪却没有老婆才这么不安分。娘就看中了那个闺女，拼命吵着我把她娶进门。我只得答应说：'你爱怎么办就怎么办好了。'娶过门的时候恰巧听说你已经怀孕了。结婚的第一年她

人生只有一半的自由

给我生了女儿，也有不少人给我道喜，家里开始摆起玩具狗和风车什么的。可是，这些事压根儿不能扼制我的不羁。虽然他们可能认为有了漂亮老婆我就会收手，生了孩子就能让人洗心革面，可是我早就下了决心，哪怕小野小町[1]和西施牵着手来到我面前，衣通姬[2]跳舞给我看，我也丝毫不打算悔改。也不知道他们是怎么想的，竟然认为看到那乳臭未干的小孩的脸我就会回心转意。玩我就要玩个痛快，喝酒我就要把酒喝得一干二净，无论是家庭也好家业也罢我都通通抛在一边，直到大前年变得身无分文。把老娘托付给了嫁到乡下去的姐姐，老婆带着孩子回娘家后便了无音讯。这是个女娃，我也没觉得有什么惋惜的，听说她在去年年底得伤寒病死了。女孩子本来懂事就早，她临死的时候，一定还喊着爹什么的吧？要是活着，今年也五岁了。唉，尽是些无聊的事。"

录之助的笑容里夹杂着些许的哀愁，他接着说："刚才不知道是你，说了那么任性的话。实在是不好意思。来，请上车吧。

---

[1] 小野小町：小野小町是日本平安初期的女诗人，被列为平安初期六歌仙之一。相传她极美貌。

[2] 衣通姬：衣通郎姬，允恭天皇之妃。大约五世纪初，在日本历史书上最早出现的美女是衣通姬。

我送你回去。你一定被我突如其来的话吓到了吧，我不过是徒有车夫之名而已，即使握着车子的转舵杆也不会使我感到快乐。给人当牛做马并非我的本意，挣到钱了就高兴吗？喝了酒就会愉快吗？这样一想，无论什么东西都会令我感到厌烦。无聊极了。不管是拉着客人，还是拉着空车，要是心里烦起来，就什么都不想干了。像我这样彻头彻尾的任性男人，真是讨人厌啊。来吧，上车吧！我送你回家。"

阿关听他这样说，回答道："不知道的时候是没有办法，既然已经知道是你，我又怎能坐上这车？不过，这地方四下无人，要我一个人走难免心生不安，请你陪我走到大道上，我们边走边说。"阿关微微提起衣服的下摆，行走时木屐的声响听起来有些寂寞。

在阿关的旧相识里，录之助也算得上是无法忘怀的挚友了，他是小川镇卖烟草的高坂家的独生子。虽然现在他的皮肤变得如此黝黑，昔日却身穿一套唐栈的长袍和短套褂，扎着一条潇洒的围裙。他善于应酬，讨人喜爱，人人都夸奖他说："年纪轻轻，但生意比他父亲在的时候还兴隆。"

阿关边走边想："以前那么聪明能干的他，现如今却完全变了样子。自从听说我要出嫁之后，便整日吊儿郎当在外游荡。还听人议论说：'高坂家的儿子好像完全变了个人似的，是着了魔呢，还是什么冤魂在作祟，总不可能是为情所困吧？'今天晚上见到他竟如此不堪,我从没想过他竟会住在小旅店里。我曾经很喜欢他。在十二岁到十七岁的时光里,每当两人见面时我都私下想着:将来我要坐在他的店铺的那个地方,一面读报,一面做生意。没想到,跟一个素不相识的人定了亲,这是父母之意,我又该如何反对呢?虽然心里想着要嫁给烟草店的录哥哥,但不过是儿时不懂事罢了,录哥哥也从未向我提过这门亲事。我自己就更不必说了。就像梦境无法成真一样,我的恋情也注定无法结果。我对自己说道:'死心吧!死心吧!'才决意嫁到了现在的原田家。可是直到成亲那一天,我都无法忘怀,背地里以泪洗面。他仿佛也跟我想的一样,也许正因为如此他才自暴自弃,如果他看到我梳着圆髻,一副夫人的打扮,不知会是怎样的表情,又会是何种心境呢?他哪里知道我也是身不由己啊!"

阿关这么想着,回头瞧了瞧录之助。他看起来若有所思,面容呆滞。好不容易和阿关久别重逢,录之助看起来却并不怎么高兴似的。到了大道上就叫得到车了。阿关从钱包里掏出几张纸币,小心地包在柔软的小菊手纸里说:"录哥哥,虽然失礼,请拿这些钱买些手纸之类的吧。我们好久不见,纵然有千言万语想要倾诉,奈何自己却说不出口,请你谅解。那么我就先告辞了,请多保重身体,别再总是烦恼,让伯母能够早日放心。我也打心底里为你祝福。请你变回从前那个录哥哥,让我看到你东山再起、出人头地的样子。改日再见吧！"

"本来不应该收你的东西的，但毕竟是你赠予我的东西，我就感激涕零地收下来作纪念了。虽然舍不得与你告别，但这终究是一场梦，梦若要醒我也无能为力！请你走吧。我也要回去了。要是太晚了这路上就更冷清了。"

录之助说罢，就拉着空车转过身去。他们一人向东，一人向南，路旁的柳条在月影下随风飘动，交相离去的木屐咯吱作响，发出凄凉的声音。从此，无论是在村田旅馆的二楼，还是在原田家的深院里，对这悲哀的世道他们都有着相同的感受。

人生只有一半的自由

# 告诉你

当现实与理想不相符的时候，你是该选择放弃还是坚持呢？其实人生的选择根本就没有什么对错之分。人在世上行路，看起来是在追求功名利禄，上下高低，而真正拨开生活的表象，却会发现人在追求的其实是自己。人生其实只有一半自由，那就是人可以选择用自己的自由去交换什么样的生活。阿关最终选择了忍耐，她用选择忍耐的自由换来了一辈子的锦衣华服、父母兄弟的脸面和生计。

阿关内心真正想要的还是富贵的生活，那么她就要忍受丈夫的冷漠和挑剔，这就是她生命的枷锁。每个人的生命其实都是如此，当你真正面临人生抉择时，你选择的并不是能立马得到什么，而是在选择你的生命即将承受什么。阿关在看到自己幼时的玩伴录之助的潦倒之时也再一次坚定了自己的决心。其实人生路上，想明白自己要的是什么才是最重要的。一旦你想清楚，所有的承担就都变成获取幸福的货币。你能承受多少痛苦，就能获得多少幸福。

我好想美丽地活下去

《女生徒》太宰治

### 所谓世间 那就是你

清晨,睁开眼睛时的心情是很有趣的。

就像是玩捉迷藏的时候,蹲在一片漆黑的壁橱里一动不动地藏着,突然,嘎啦一声,拉门被打开,太阳的光线忽然直直地照射进来,然后对方大声叫道:"找到你啦!"先是刺眼的光芒,接着是莫名的难为情,然后心扑通扑通直跳,整理了一下和服前襟,有点儿害羞地从壁橱中出来,突然又气呼呼的,那样的感觉。不,不对,也不是这种感觉,总觉得,那是种更加难以忍受的感觉。有点儿像打开一个箱子后,结果里面还有一个小箱子,打开小箱子之后,还有更小的箱子在里面,打开它,还有更小的,再打开,还有。就这样,第七个,第八个……一直开下去,最后终于只剩下一个跟骰子一般大小的箱子,把它打开一看,却发现里面空无一物,什么也没有。有点儿类似于这样的感觉。

说什么啪嚓睁开眼睛就能醒过来,根本就是骗人的。我的眼睛不断地浑浊着，就像是淀粉在水中慢慢往下沉淀般，然后又一点一点地慢慢变清，虽然最后眼睛会有一丝疲惫，然而整个人会感到清醒。早晨，总是会感到些许空虚。悲伤的事情不断涌上心头，令我难以忍受。讨厌！讨厌！早晨的我是最丑陋的。或许是昨晚没睡好的原因吧，此刻的我双脚有些无力，什么事也不想做。

说早晨有益于身体健康什么的，那是骗人的。早晨是灰色的，一直都是这样，是最虚无的。早晨躺在床上的我总是感到厌世，对这样的自己感到厌烦，对自己的丑行更是感到后悔，它们一起猛地堵住我的胸口，令我辗转难安。

早晨，真是坏透了。

我小声呼唤着："爸爸。"莫名地感到难为情，但又有点儿开心，我从床上翻起身，迅速地叠好被褥。抱起被褥的时候，"嗨哟！"地吆喝了一声，这时我突然想到：我从不知道我是个会说出"嗨哟"这样粗俗字眼的女生。"嗨哟"什么的，听起来就像是老婆婆的吆喝声，令人不快。为什么我会说出这样的话呢。仿佛我身体里住着一个老婆婆一样，真是不舒服。从今往后好好注意吧。这就像是对别人粗俗的走路模样大皱眉头的同时，忽然注意到自己也以同样的方式行走，令人十分沮丧。

早晨的我总是毫无自信。穿着睡衣坐在梳妆台前，不戴眼镜照着镜子，自己的脸有些看不清楚。我最讨厌自己脸上的眼镜，但眼镜也有别人所不知道的好处。我喜欢摘下眼镜眺望远方。世界变得朦胧，如同西洋镜一般，仿佛身处梦境中，令人心旷神怡。脏东西什么的全都看不见。只有那些大的物体，色彩鲜明的强烈的光会映入眼帘。同时我也喜欢摘下眼镜看人，对方的脸看起来很温柔，绽放着美丽的笑容。而且，摘掉眼镜的时候是绝不会想和别人吵架的，也不会想说人坏话，只是默默地、茫然地发着呆而已。这个时候的我大概也会被别人看成是个老好人吧，一想到这里，我就更加安心了，变得想要撒娇，心也柔软了起来。

但是，果然我还是不喜欢眼镜。戴上眼镜的时候，脸部所衍生的观感就会全部消失。从脸上所衍生出的种种情绪，诸如浪漫、美丽、激动、软弱、天真和哀愁等，这一切都会被眼镜所遮盖，而且就算想用眼睛去向别人表达情绪也做不到。

眼镜是个妖怪。

是因为一直很讨厌自己眼镜的缘故吗，总觉得能拥有美丽的双眸是最好的了。就算没有鼻子，就算把嘴遮盖住，只要能看到那双眼睛，那双能让自己想要生活得更好的眼睛，单是看着就觉得很好了。我的眼睛只是大了点儿，并没有太大的用处。如果盯着自己眼睛看的话，就会很失望。连妈妈都说这是一双无趣的眼睛，或许应该用毫无光彩来形容更为贴切吧。一想到它像个煤球一般，我就感到十分失望。因为它可是像个煤球一样啊，实在是太过分了。每每面向镜子时，我都深切地希望它们能变成湿润有光芒的美丽眼睛。如同碧蓝湖水一般的眼睛，或是躺在青青草原上仰望天空时能映出浮云的眼睛，就连鸟儿的影子都能映得清清楚楚的美丽眼睛。好想和拥有美丽双眸的人相遇。

从今天开始就是五月了，一想到此，总觉得有些喜不自禁。果然还是很高兴，因为我觉得夏天差不多就要来了。进到院子后，草莓的花满满地映入眼帘。爸爸去世了的事实，也变得不可思议起来。死去，离世，是难以理解的事情。我实在无法理解。好想念姐姐，分别的朋友，还有那些很久没见的人。总觉得今天早晨，那些过去的事情，以前相识的人们的事，如同腌萝卜的味道一样在我身边萦绕着，无法散去，真是受不了。

恰比和卡儿（因为是只可怜的狗，所以管它叫卡儿）结伴向我跑了过来。我让它们坐在我的跟前。可我只喜欢恰比，恰比的雪白毛发在太阳下闪闪发光，十分美丽，而卡儿则显得脏兮兮的。我也很清楚地看到在我疼爱恰比时，卡儿在一旁仿佛要哭了出来。卡儿少了一条腿，我也是知道的，可我就是不喜欢它那悲伤的样子，就是因为太可怜才让我忍受不了啊，所以我故意不对它好。卡儿看起来像一只流浪犬，不知道会不会有一天被人抓走然后给杀掉。因为它的腿残疾了，想跑估计也跑不快吧。卡儿，要不赶紧躲进山里吧。反正你也不会被任何人疼爱了，还不如早点儿死了的好。不仅是对这只可怜的小狗，就算是对人，我有时候也会做出一些恶劣的事情来，看到别人困扰的样子我就会感到愉悦，我真是一个令人讨厌的孩子呢。蹲在走廊上抚摸着恰比的时候，一片绿叶映入眼帘，我突然觉得自己好丢人，想要一屁股坐在地面上。

突然想试着哭哭看，感觉只要紧紧地屏住呼吸，让眼睛充血，也许就会流下一滴眼泪来。我试着这样做，然而并没有用，说不定我已经变成一个不会流泪的女孩了。

算了，我放弃了想要哭泣的念头，开始打扫起房间。一边打扫，一边环视着四周，无意中轻轻哼唱起《唐人阿吉》的歌。有趣的是，平时热衷于莫扎特与巴赫的我，在无意之间竟会哼着《唐人阿吉》。又是抱起被褥的时候"嗨哟"地吆喝，又是一边打扫一边哼着《唐人阿吉》，我该不会已经变得非常糟糕了吧？再这样下去，说不定有一天会说出下流的梦话来呢。想到这里我就非常不安，不过又莫名觉得可笑，于是停下了拿着扫帚的手，一个人笑了起来。

我穿上昨天刚缝好的新内衣，在胸口处，绣着一朵小小的白色玫瑰花。但是穿了上衣之后，就看不见这朵刺绣的小花了。这是不为任何人所知晓的，我的得意之作。

妈妈不知是忙着谁的亲事，一大早就出门了。妈妈从我小时候开始，就一直为了别人尽心尽力，虽然对此我已经习以为常，但还是为她惊人的行动力所折服。或许是因为爸爸平时只专注于在家里读书吧，妈妈把爸爸的那份也连带着一起做了。爸爸不善于社交，而妈妈则不断与善良之人接触。两人虽然性格上有不同之处，但他们互相尊重对方，应该说是一对没有丑恶，美好又祥和的夫妇。哎呀，这样去评论父母，真是没大没小，没大没小。

酱汤温热前，我坐在厨房门口，呆呆地望着前面的杂树林。这时，我感觉自己以前也有过像现在这样坐在厨房门口，以同样的姿势，一边想着和现在一模一样的事一边看着前面的这片杂树林的情形。在一瞬间，仿佛能够感受到过去、现在和将来。这种事情常常发生。

和某人坐在房里说话的时候，目光转到了桌子的角落，然后停下来，只有嘴巴在动。这个时候，会产生奇怪的错觉。觉得自己好像什么时候，在同样的状态下，也看着桌子的角落，说着同样的话。感觉将来一模一样的事情会发生在自己身上。无论行走在多么遥远的乡间小道上，我也一定会认为这条路我曾经走过。哪怕行走时，猛地摘下路边的豆叶，我也会认为自己曾在这条路的这个地方，做过同样的事。这样的话，将来在这条路上行走时，自己也会一次又一次地摘下这个地方的豆叶吧。顺带一提，还发生过这样的事：某天我泡在浴缸里，忽然看见了自己的手，我便感觉到多年以后，再次入浴之时，自己一定会想起现在这样漫不经心地看着手、若有所感的事情。一想到这个，不知怎么的，就消沉了起来。

某天傍晚，我把饭装进饭桶时，感觉到有什么东西咻的一下从全身穿过，把它说成是灵感则显得有些太夸张了，不过该怎么形容呢？我想应该是哲学的"尾巴"吧。我被这个"尾巴"弄得从头到胸以至于全身上下都变得透明起来。不知怎的，对活下去这件事可以稍稍安心了，就像是琼脂那样一挤就可以出来的柔软感，沉默着，不发出声响，就这样随波逐流，感觉自己能够轻盈美丽地活下去。这已经不仅仅是哲学那么简单了。我有一种预感，预感到自己会像一只偷腥的猫一样不出声响地活下去，这可不是什么好事，甚至可以说，这样令我感到害怕。这种状态若是持续久了，说不定会变得跟神灵附体一样。我突然想到基督，不过，我可不想当个女基督徒。

我想我之所以每天都会这样胡思乱想，大概是因为我每天很闲吧，生活上没有什么辛苦的地方，无法处理每天成百上千的所见所闻，所以这些东西才会趁着我发呆的时候，变成妖怪，一一浮现出来吧。

一个人在食堂吃饭，今年还是第一次吃黄瓜。从黄瓜有点儿变青的样子就可以知道，夏天快要到了。五月黄瓜的青翠中有着一股仿佛能让胸口变得空虚，如针扎，又如搔痒一般的悲伤。

一个人在食堂里吃着饭，就会非常想要去旅行，想要乘上火车。看着报纸，报上刊登出了近卫先生的照片。近卫先生是个好男人，但我不太喜欢他的脸，他的额头不是很好看。我最喜欢看的是报纸上的广告，这是最有趣的，因为一字一行大概都要花上一百或是两百块的广告费，所以大家为了让每字每句能够发挥出最大的效果，都会去拼命地、痛苦地绞尽脑汁想出名句来。这样一字千金的文章怕是世间少有吧，我莫名地觉得心情舒畅起来。

吃完饭，把门关好我就去上学了。虽然看天气像是不会下雨，不过我特别想带着昨天妈妈给我的一把很好看的雨伞，于是就把它也带上了。

这把雨伞是妈妈少女时代用过的，发现这样一把有趣的伞，我有些得意。好想撑着这把伞行走在巴黎的街道上。战争结束后，像这样如梦幻般的古风雨伞一定会很流行吧。这雨伞和女士外出所戴的无边帽一定很搭。穿上粉色长裙、开着大襟领的衣服，戴上黑绢蕾丝长手套，在宽帽檐的帽子上别上美丽的紫堇花，在深绿时节去巴黎的餐馆吃早餐，然后略带忧愁地托着脸颊，望向外面的过往行人。不知是谁，轻轻地拍着我的肩膀。突然响起了音乐，玫瑰的华尔兹。啊，可笑，可笑。现实中陪伴我的却只有一把老气横秋的古怪的细长雨伞。我仿佛是那悲哀可怜的卖火柴的小女孩。唉，还是去拔拔草吧。

出门前，拔了一些家门口的草，算是帮了妈妈的忙。今天说不定会有什么好事发生。同样是草，为什么会有想拔掉的草和想任其生长的草呢？可爱的草和不可爱的草从外形上看明明没有一点儿区别，为什么惹人怜爱的草和可憎的草，会被如此分明地区别开呢。这是毫无理由的，女性的好恶真是十分随性。

忙了大约十分钟后，我便急忙前往停车场。穿过街道时，总是想要把两旁的风景画下来。途中经过神社森林的小路。这是我新发现的一条小路。步行在林间小道，稍稍向下看去，小麦长得到处都是。看到那青葱的小麦，就知道今年有军队到过这里。因为去年的这个时候，也有许多军人和马匹来到此地，在这个神社的森林里稍作休整然后离开了，稍过一段时间后从这里经过就会发现，那时小麦生长得和今天一样大小。然而，那些小麦已经无法继续生长了，今年这些小麦也是从军队的桶子中掉出来生根发芽的，但这片森林是这么的昏暗，以至于太阳的光线完全无法照射到它们，可怜的小麦们应该只能生长到此就会死去吧。

我走出了神社的林间小路，在车站附近碰到了四五个工人。他们和往常一样对我说着口无遮拦的脏话。我一时不知所措。虽然很想超过他们赶紧往前走，但这样就必须要从他们的夹缝中穿过,和他们擦肩而过才行。想想就觉得可怕,话虽如此,就这样一言不发呆呆地站着让工人们走在前头,而自己在后面尽可能地保持距离,是更加需要胆量的。因为这样做是很失礼的,工人们可能会生气。我的身体开始战栗,几乎要哭出来了。我对此感到不好意思,对工人们笑了笑。然后慢慢地跟在他们的后面。尽管当时这样做已经是我认为的最好的处理方法了,但那份懊悔即便乘上电车后也未能消逝。我想要早日变得强大勇敢,面对这种无聊的事时能够淡然处之。

因为电车的入口附近有空着的位置,我就轻轻地把我的道具放在上面,稍稍捋顺了褶皱的裙子,正要坐下去时,一个戴着眼镜的男人迅速地把我的道具从座位上拿开然后坐了下去。

"那个,这个位置好像是我先找到的。"我刚出声,那个男人苦笑了一下便若无其事地看起了报纸。仔细想想,不知道是哪个脸皮更厚些,或许是我也说不定。

没办法,我把雨伞和道具放到了网架上,自己则抓着吊环,如同往常一样。翻着杂志看的时候,突然想到了奇怪的事。

如果不让我读书,没有这种经验的话,想必我会哭出来吧。我就是如此地依赖着书中所讲的故事。每读一本书,我就会马上沉迷其中,信赖它,与之同化,产生共鸣,并且想要把它代入生活之中。但当读了别的书之后,马上就一百八十度大转变,表现出另一副样子。把别人的东西剽窃过来改造成自己的东西的这种狡猾才能，是我唯一的特技。我真的很讨厌这种狡猾，讨厌这样弄虚作假。每日每夜，一直重复着失败，如果总是出丑的话，说不定能变得沉着稳重一些。可是，就连这样的失败，我都要强词夺理，巧加修饰，编造出冠冕堂皇的理论，好像在得意地演一出苦肉计似的。（这句话我也不知在什么书上读到过。）

我真的不知道哪个才是真正的自己，没有了可读的书，能够模仿的剧本一个也找不着的时候，我究竟该如何是好。可能会束手无策，蜷缩着身子，胡乱地擤着鼻涕吧。毕竟每天在电车上尽是胡思乱想，可是不行的。身上残留着令人讨厌的余温，我难以忍受。虽然我知道自己必须做些什么，必须想想办法，但我不知道如何才能把握自我。以前的自省仿佛完全没有意义。自我批判后，一旦注意到自身这种令人讨厌的、软弱的地方，马上又会娇溺自己，心生怜悯，认为这是矫角杀牛[1]，对自我的批判就这样不了了之。如此看来，什么都不想才是最合理的方法。

这本杂志有个栏目叫《年轻女性的缺点》，有很多人在上面投稿。有时读着读着，感觉就像是在说自己，还怪难为情的。写的人也有各自的不同，平常觉得自己很笨的，写的东西果然也很

---

[1] 矫角杀牛：日本谚语。矫角杀牛，磨瑕毁玉。比喻矫枉过正。

蠢；照片上看起来爱打扮的人，其用词也是巧加修饰过的。这些读起来让我觉得很好笑，经常是读着读着就笑了起来。宗教家就会谈及信仰，而教育家则通篇都是"恩"。政治家会引用汉诗，而作家则辞藻华丽，装腔作势，自命不凡。

然而，虽然里面所写的尽是些正确的事情，但却是毫无个性和深度的东西。和正确的希望，正确的野心相去甚远。简言之，就是没有理想的东西。即便有检讨，却没有能直接将其作用于生活的积极性。没有自我反省，同时也缺乏真正的自知、自爱和自重。即便有勇气付诸行动，也未必能够对行动产生的所有结果负责。虽然能顺应自己周遭的生活方式，巧妙地处理问题，但是对自己以及周围的生活却没有正确而强烈的热情，没有真正意义上的谦逊。只不过是缺乏独创性的模仿罢了。缺少人类原本的"爱"的感觉。装得很高雅，却没有气质。除此之外杂志上还写了许多的事。读着杂志，我常常感到惊讶，对这些事情完全无法反驳。

不过我感觉这杂志里所讲述的内容都相当乐观，并非作者们平时的真实心境，像是抱着试一试的心态写出来的。里面不乏"真正的意义""原本的"之类的形容词，然而并没有明确地说明"真正的"爱和"真正的"感觉究竟是什么。作者们也许知道。既然他们知道的话，如果能够更加具体地，用简单的一句话，权威地指示我们往左或是往右，就再好不过了。我们已经迷失了爱的表达方式，所以不要说这也不行那也不行，如果能以强硬口吻来命令我们的话，我们都会照做。也许大家都没有自信吧。在这里发表意见的人们也并非无论何时何地都抱有这样的想法。虽然被训斥说没有正确的希望和野心，但当我们为追逐正确的理想而付诸行动的时候，这些训斥我们的人又能帮助和引导我们多久呢？

我们隐约知道自己应该前往好的地方、美丽的地方以及能够增长自己才华的地方。我们想要过上幸福的生活。这才叫有着正确的希望和野心。焦急地想要拥有值得依赖的不变信念。但想要让这些全部具体实现在一个女孩身上的话，该需要多大的努力呀。此外还需要妈妈、爸爸、姐姐和哥哥的意见。（单是嘴上说说的话，可能听起来比较古板，但是我绝没有瞧不起人生的前辈、老人和已婚人士的意思，不仅如此，我向来是很尊重他们的意见的。）还需要有常往来的亲戚、熟人和朋友，还需要总是大力推动我们的"社会"。对这些事情进行观察思考后，可不仅仅是延伸自我个性这么简单了。

我不禁认为不起眼地、乖乖地走大多数普通人走过的路是最聪明的。把面向少数人的教育施予大众，是十分残忍的。随着我慢慢长大，我开始知道学校的修身教育和世间的常规是有很大区别的。绝对遵守学校修身教育的人，会被当作傻瓜、怪人，无法成功，要当一辈子的穷人。究竟有没有不说谎的人呢，那样的人永远都是失败者。我的亲戚中也有一个人，行为端正，信念坚定，以追逐理想为人生的真正意义，但其他亲戚都在说他的坏话，把他当成傻瓜。而像我这样的人，是无法在明知会被当成傻瓜，终将失败的情况下，不顾妈妈和众人的反对主张自己的意见的。

因为我害怕。但小时候当自己的感觉和他人的感觉完全不同的时候，我也会向妈妈请教说："这是为什么？"这时，妈妈会草草敷衍，并且生气地说："坏孩子，怎么和不良少女一样。"说罢，又一副悲伤的样子。我也有问过爸爸，他那时候只是默默一笑，过后对妈妈说："这孩子有些心术不正。"随着年龄的增长，我变得战战兢兢起来，就连做一件衣服，都会考虑到别人的想法。我偷偷地保持着自己的个性，从今往后也想一直保持下去，但我害怕将这种个性明确地作为自己的形象表现出来。我总想变成别人眼里的好女孩，许多人在一起时，我总是低三下四的，我总是巧舌如簧地说着根本不想说或是背离本意的话。因为我觉得这样说对自己有利。我讨厌这样做。我希望人们的道德观能够早日更新，这样我就可以不用再低三下四的，为了别人的想法而每天小心翼翼地生活了。

哎呀！那边有个空位。我急忙把道具和伞从网架上拿下来，迅速地挤了过去。右边是个初中生，左边则是个背着小孩、穿着棉罩衣的阿姨。一把年纪却还化着浓浓的妆，头发也卷成现在流行的样子，脸倒是蛮好看的，但喉咙处满是黑黑的褶皱，令我讨厌得想要打她。

人站着和坐着的时候所思考的东西完全不同。坐着的时候，不知不觉中就会只想着不可靠的消极的事情。我正对面呆坐着四五个看起来同岁的公司职员。大概三十岁左右吧，我不喜欢他们。他们的眼睛如同泥潭一样浑浊，看起来毫无进取心。不过我要是现在对他们之中的某一个微笑的话，说不定仅凭这个我就不得不被拉着和那人结婚去了。一想到女人想要决定自己的命运，一个微笑就足够了，就感到不可思议，我有点儿害怕，还是注意些吧。

今早真是尽想些奇怪的事。脑中不觉就浮现出几天前来家里修整庭院的园丁。虽然他从头到脚都是园丁的打扮，但他的脸怎么看都不像一张园丁的脸。夸张一点儿说，他看起来像是一位思想家。他面庞黝黑，眼睛明亮，双眉紧蹙。鼻子与狮子的鼻子有几分相似，这与他黝黑的皮肤倒是相称的，看起来意志坚定。嘴唇的形状也很好，只是耳朵有些许脏。看到他的手，才回想起他是个园丁，但仅凭他藏在黑色软帽下的脸，就这么把他当作一个园丁真是太可惜了。我曾再三向妈妈打听他是不是一开始干的就是园丁这份活儿，结果还被妈妈训斥了一番。今天用来包裹道具的包袱布，恰好是那个园丁第一次到访时妈妈给我的。那天因为家中在大扫除，所以修整厨房和榻榻米的工人也来了。妈妈在整理衣橱时，发现了这块包袱布，我就把它要了过来。这是一块漂亮的适合女性的包袱布。因为很漂亮，就这样把它打起结来，觉得很可惜。于是我就这样坐着，把它放在膝上，偷偷地看着它，抚摸它。虽然我想让电车里所有人都看看它，但是没有人愿意看。如果哪位先生能够稍微看看这块可爱的包袱布，我情愿嫁给那人。

本能是我们意志无法控制的力量。渐渐地从很多事情上了解到这个道理，我觉得自己几乎要发狂。该如何是好呢？我感到困惑。不能肯定，也不能否定，只是突然感到头上似乎顶着一个很大很大的东西，恣意地拖着我到处走。这时我产生了两种截然不同的感情，一种是明明被拖着走但是感到很满足的感情，另一种却是为这样的自己感到可悲的感情。为什么我们不能过着让自己满足、一生只爱着自己一个人的生活呢？看到本能就这样一点一点地蚕食着我的感性和理性，我感到可悲。哪怕在现实中有一小会儿忘记自我，在这之后，都只会有沮丧之感缠绕着我。在慢慢知晓就连这样的自己都有着本能之后，我感觉自己仿佛要哭出来了，想要呼喊"爸爸，妈妈"。也许因为真相往往出乎意料地存在于自己所讨厌的地方，为此我越发地感到可悲。

已经到了御茶水站。一下车，站上月台，就把所有的事情忘得一干二净。急忙想要回想刚刚发生的事，但完全想不起来。焦急地想要继续刚刚的思考，却没有任何思路。脑子一片空白。明明当时的我心情是那么激动，抑或是感到痛苦、羞耻，然而一旦过去了，就仿佛从未发生过。"现在"这个词所形容的这一瞬间，十分有趣。就在我掰着手指数着过去、现在和将来的时候，"现在"正飞往远方，崭新的"未来"来到我身边。我轻轻踩上天桥的阶梯，心想思考的都是些什么玩意儿，啊，真蠢，我可能是幸福过头了。

今早的小杉老师很美。美得跟我的包袱布一样。美丽的青色很适合老师。胸口红通通的康乃馨也很显眼。如果能少一些做作，我应该会更喜欢老师一点儿。她太装模作样了，似乎有些勉强，那样做作应该也会累吧。她的性格也有些难以捉摸，有好多我不懂的东西。明明性格阴郁，却要故作开朗。但无论如何，她都是个有魅力的女人，就这样让她做一个老师真是太可惜了。尽管现在在班上的人气不如从前，但我，唯独我，和从前一样被她深深吸引着。她仿佛是居住在山中或是湖畔古城中的大家闺秀。真讨厌，无意中又开始夸她了。为什么小杉老师的话会如此无趣呢，也许是脑子不好使吧，真可悲。她从刚才开始滔滔不绝地解说着爱国心，然而爱国心这东西，大家不都懂吗？不管是什么样的人，都爱着自己生长的土地，真无趣。我用手撑着下巴，呆呆地眺望窗外的景色。不知是不是风大的缘故，云看起来很美。在庭院的一隅，绽放着四朵玫瑰花。一朵黄色，两朵白色，一朵粉色。我呆呆地看着花，突然发现身为人也是有好处的。发现美丽之花者，是人；爱花者，也是人。

吃午饭时，提到了妖怪的事。大家被雅思贝姐姐那"一高七大不可思议"之一的"打不开的门"吓得大声尖叫。这不像歌舞伎幽灵上场时用音乐营造气氛，而是利用听者的心理使人恐惧，十分有趣。因为谈得很欢，刚吃完肚子又饿了。于是我马上从豆沙面包夫人那里拿了牛奶糖，然后又和大家沉浸在恐怖故事里。看样子无论是谁都对这些妖怪故事很感兴趣，也许这对我们来说是种新鲜的刺激吧。接下来所讲的就不是怪谈了，而是关于"久原房之助"的奇怪故事。

下午的美术课上，大家到学校的庭院里练习写生。为什么伊藤老师总是要折腾我呢？今天又让我做他的模特。今早我带来的旧雨伞在班上很受欢迎，大家都觉得新奇，终于这件事让伊藤老师知道了，就让我拿着伞站在庭园角落里玫瑰花的边上。听说他要将这张画在下次的展览会上展出。我承诺老师愿意做他三十分钟的模特。哪怕只能尽到绵薄之力，帮助别人总令我高兴。话虽如此，和伊藤老师面对面相处真够累人的。他说话絮絮叨叨的，尽是些大道理，可能是有些在意我吧，哪怕是一边速写一边聊天，说的也全是有关我的事情。我连回答也觉得麻烦讨厌。他是一个很不干脆的人。有时发出奇怪的笑声，明明是老师还很害羞，总而言之他的不干脆令我作呕，竟然还说什么"让我想起了死去的妹妹"。真是受不了，他人还是挺好的，但是我觉得他太做作了。

说起做作，我也完全不输于他。我的做作在他之上，表现得狡猾且机灵。因此我对这样的自己感到很讨厌，但是又束手无策。"我摆了太多姿势，简直就是一个被姿势牵着鼻子走的骗人的妖怪。"我这样说着，因为这也是其中一种姿势，所以我不能动弹。哪怕就这样老老实实地做着老师的模特，我也在深深地祈愿着："希望自己能变得自然、纯朴。"书什么的快别读了，尽是被书中奇奇怪怪的思想带跑。听天由命地生活着不好吗，为什么非要戴着虚假的、傲慢的、毫无意义的面具？你要蔑视！蔑视！

总是觉得生活没有目标，或是无法更加积极地投入到人生中去，充满矛盾，我为此感到烦恼，但这不过是感伤罢了。只不过是在怜悯自己，安慰自己而已。可是如果我这么想的话，未免也太看得起自己了。唉，让内心如此污秽不堪的我来当模特，老师的画无疑会落选。因为它一点儿也不美。虽然我觉得这样不好，不过伊藤老师看起来像极了一个傻瓜，他连我的内衣上绣着一朵玫瑰花都不知道。

沉默地摆着同样的姿势，站久了，我突然非常想要钱。哪怕只有十日元也好。我现在特别想读《居里夫人》。然后突然又希望妈妈能够长命百岁。给老师站着当模特，我莫名地觉得辛苦，累得筋疲力尽。

放学后，我偷偷和寺庙住持的女儿金子去好莱坞做头发。看着刚做好的头发，发现并非我想要的发型，失望极了。无论怎么看，都很不可爱，我感到十分沮丧。来到这种地方偷偷地找人做头发，我甚至觉得我像一只脏兮兮的母鸡，我越发地感到后悔。我们来到这种地方，本身意味着自己看不起自己，金子却乐开了花。

"我们就这样去相亲怎么样？"她甚至说出这样粗俗的话。随后她仿佛产生了真的要去相亲一样的错觉，说道："要把哪种颜色的花插在头发上呀？"还问道："穿和服的时候要用怎样的腰带才好看呢？"神情十分认真。

真是一个无忧无虑的可爱之人。

"你要和哪位先生相亲呢？"我笑着询问道。

"所谓做饼须问做饼人啊。"她直截了当地回答道。

我听了后感到少许惊讶，问她这是什么意思，她回答说，寺庙住持的女儿当然是嫁给寺庙里的人最好了，这样一生都可以不愁吃穿了。金子这样说又令我感到一惊。金子仿佛完全没有性格一样，也因为如此，她很像个女孩子。在学校里，她跟我只不过是同桌，我并没有觉得跟她特别亲近，但金子跟大家说我是她最好的朋友。真是个可爱的女孩。每隔一天她都会给我写信，总是特别照顾我，虽然很感激她，但她今天实在是闹腾得有些过头了，就连我也感到厌烦。

　　和金子告别后，我便上了巴士。突然莫名地感到一阵忧郁。我在巴士上看到了一个令我讨厌的女人。她穿着脏衣领的和服，单用一只发簪盘住一头乱蓬蓬的红发。手脚都很脏，长着一张分不清是男还是女的苦闷的红黑脸庞。而且，啊！看得我想吐。她还顶着个大肚子，时不时地独自窃笑。就像一只母鸡一般。而为了做头发特意偷偷地跑去好莱坞的我和她也没什么区别。

　　又回想起今早在电车里坐在我旁边的那个化着浓妆的老阿姨。啊！真是好脏！好脏！我好讨厌女人。正因为我是女人，所以女性身上的不洁，我非常清楚，我对它们讨厌得咬牙切齿。就像是摆弄过金鱼后，那种布满全身，怎么洗都洗不掉的令人难以忍受的腥臭味。一想到自己也要这样日复一日地散发出雌性体臭，我情愿就这样作为一个少女死去。突然想要生病，生一场大病，病得汗如瀑布，身体瘦削，也许这样就能变得冰清玉洁。只要活着，无论如何都无法逃离这样的命运吧。我仿佛能渐渐理解正确的宗教意义。

下了巴士之后，稍稍缓了口气。看来是巴士有问题，空气闷热，真是受不了。踩在大地之上的感觉，真是舒服。踏在土地上走着走着，我就变得喜欢自己。我开始感到轻飘飘的，像是一只欢快的蜻蜓。我小声唱着："回家吧回家吧，回家路上看看啥，看看田里的洋葱吧，青蛙呱呱叫，赶快回家吧。"这孩子真是悠闲得很啊，我不禁对自己感到焦急，这个光长个的孩子让人讨厌，我想当个好女孩。

回家的乡间小道，可能因为司空见惯，我已经感觉不到这里是个多么宁静的村庄了。在我眼里无非是树木、道路和田地而已。今天就稍稍装成初到乡下的外来人的样子好了。我幻想着自己是住在神田附近的木屐匠的女儿，出生以来第一次踏上这片郊外的土地。这乡下村庄看起来如何呢？真是一个奇思妙想。我表现出一本正经的样子，故意夸张地东张西望。走过林荫小路时，仰头观赏着新绿的树梢，"哇"地小声叫着。过土桥时，看了一会儿小河，直到水镜中倒映出我的面庞，我便汪汪地学着狗叫。眺望远处的田野时，眯着眼睛，仿佛陶醉一般地小声念叨着："真美啊。"紧接着又叹了口气。随后我又在神社稍作休息。神社的森林很昏暗，我急忙起身，"啊，恐怖恐怖"地念叨着，耸着肩，慌慌张张地穿过了森林，故意装作被森林外的明亮所震惊，留意路边种种新奇的景色。聚精会神地走在乡间小道时，莫名地感到无比寂寞，最后一屁股坐在路旁的草坪上。坐上去后，不知不觉中，我之前的满心欢喜咯噔一下烟消云散，猛地变得严肃起来。就这样我静静地思考着最近的自己，为什么会如此差劲呢？

为什么会如此的不安，总是畏首畏尾。之前也有人对我说过："你越来越俗气了。"说不定确实是这样。我的确在变得糟糕、无趣。不好！不好！软弱！真是软弱！我差点儿要"哇"地大声叫出来。切，我竟然会想着通过发出那样的喊声，来掩饰自己的软弱，我真差劲。要振作起来！恋爱的时候大概就是这种心情吧，说不定我已经坠入爱河。

仰卧在青青的草坪之上，呼唤着爸爸。"爸爸，爸爸，被夕阳烧红的天空真美。"暮霭是粉红色的，夕阳的光溶在暮霭之中，渐渐地渗出来，大概是因为这样，暮霭才会变成这样柔和的粉红色吧。那粉红的暮霭悠悠荡荡，时而潜入树丛中，时而在路上行走，时而轻抚草坪。随后轻柔地将我的身体全部包裹住。粉红的光芒照亮了我每一根头发，轻柔地抚摸着我。而天空更加美丽。这片天空让我生平第一次想要低头行礼，此时此刻的我相信神明的存在。而这天空的颜色，该如何用言语形容呢？玫瑰？火？彩虹？天使的翅膀？还是大寺院？不，不是这样，应该要更加、更加庄重的形象。

"我好喜欢这世界。"我这样想着，甚至要哭出来了。凝视着天空，发现天空在渐渐地改变，慢慢地变成蓝色。我不断地唉声叹气，甚至想要脱光衣服。这时候的树叶和小草看起来最为透明美丽。我悄悄地碰了碰小草。好想美丽地活下去。

回家后发现客人已经来了。妈妈也已回到家中。如同往常一样，家中传来一阵欢快的笑声。妈妈和我二人相处的时候，无论脸上笑得多开心，都不会笑出声。相反，和客人交谈的时候，脸上全无笑意，声音却是往常的三倍高。我打了打招呼，马上进到里面的房间，在井边洗了手，脱下鞋子，正在洗脚的时候，卖鱼的来了。

"让您久等了，多谢惠顾。"说完，在井边放了一条大鱼就走了。虽然不知道这是什么鱼，不过从它的鳞片很密集来看，像是产自北海道的。我把鱼放进盘子里，洗了洗手，闻到了北海道夏天的味道。于是就想起去年暑假去北海道的姐姐家游玩的事。姐姐家住在苫小牧，不知是不是因为离海岸很近的缘故，一直能闻得到鱼的味道。我的脑中也能清晰地浮现出姐姐傍晚独自在家中空旷的厨房，用白皙的手熟练地烹饪着鱼的样子。那时的我不知为何非常喜欢黏着姐姐，并对她有一种仰慕之情，但那时的姐姐已经生下了小年，一想到姐姐已经不再只属于我，就感觉一股冷风吹来，无论如何都无法紧紧抱住姐姐纤瘦的肩膀，这种感觉寂寞得足以致死。我呆呆地站在那略为阴暗的厨房一角，回想起自己曾凝视着姐姐白皙的温柔的指尖，仿佛要昏迷过去一般。过往之事令我怀念。所谓血亲真是不可思议。如果是外人，隔得远了，就会渐渐地将他们淡忘。而血亲则尽让人想起一些值得怀念的美丽的过往。

井边的茱萸果稍稍地染上了红色。说不定再过两周就能吃了。去年很有意思。傍晚我独自一人摘着茱萸果正吃着，恰比在一旁默默看着，我觉得它可怜就给它吃了一个，没想到它直接吃了下去。再给它第二个，又吃了。因为太有意思了，我就摇动起果树。果实啪嗒啪嗒地掉落下来，恰比开始拼命吃着掉在地上的果实。真是个傻瓜。我还是第一次听说有狗吃茱萸果的。我也伸着身子不停地摘着茱萸果吃。恰比也在底下一起吃。乐死我了，一想到这事，我就非常想念恰比。

"恰比！"于是我叫了一声。

恰比在玄关那边听到我在叫它，飞奔着向我跑来。看见恰比可爱的模样，我突然好想踩蹋它。我用力地抓住了它的尾巴，它轻轻地咬了我的手。我几乎想哭出来，打了打它的头，而它则若无其事地在旁边喝着井边的水。

进了房间，发现灯开得很亮。家中静悄悄的，爸爸不在。果然，爸爸不在的话，家中仿佛就会出现一个偌大的空位，我感到浑身不舒服。换上和服，轻吻着脱下绣有玫瑰的内衣，坐在镜台前听到从客厅传来的哄然笑声，我不由得感到愤怒。妈妈和我两人相处时还好，一旦客人来了，就会疏远我，变得冷淡。这种时候我最怀念爸爸，感到十分悲伤。

看了看镜子，发现自己的脸神采奕奕得连自己都感到惊讶。我的脸，像是另外一个人的。不管我摆出何种痛苦或者悲伤的表情，都不会对它产生影响，它正独立于我的控制之外自由地活着。今天明明没有涂胭脂，脸颊却红润得漂亮显眼，嘴唇也稍稍地透出红光，显得十分可爱。我摘下眼镜，偷偷地笑了笑。眼睛看起来漂亮极了，蓝蓝的，清澈透亮。是因为美丽的夕阳看得久了，眼睛才变得这么漂亮的吗？真是太棒了。

我兴致勃勃地去厨房淘米，淘着淘着又悲伤了起来。我很怀念小金井的家。我非常喜欢那里。那里有父亲、姐姐，母亲也十分年轻。我从学校回来后，都会和妈妈、姐姐去厨房或是茶室里兴致勃勃地交谈。为了能够拿到零食，我还会不停地向她们撒娇。有时还会跟姐姐吵架，然后一定会被骂，再然后就飞奔出去骑着自行车躲得远远的，到了傍晚再回到家，开心地吃着晚饭。真是愉快极了。只需要注视自己，不需要肮脏地圆滑处世，只要一直任性撒娇就好了。我一直都享受着多么大的特权啊。而且觉得心安理得，无须担心，不会寂寞，没有痛苦。爸爸是一个优秀的好爸爸。姐姐则很温柔，我总是依赖于她。然而，随着自己慢慢长大，我开始变得令人讨厌，我的特权也不知不觉消失了，只剩下赤裸裸的丑陋。再也无法对人撒一丁点儿娇，尽钻牛角尖，痛苦的事情越来越多。姐姐已经嫁人了，爸爸也已过世。只剩我和妈妈两人。想必妈妈也十分寂寞吧。前一阵子妈妈对我说："从今往后，生的喜悦将会消失殆尽。就算看着你，我其实也并不感到快乐。请原谅我。你的爸爸不在了，幸福也毫无意义。"妈妈看到蚊子时会忽然想起爸爸，脱衣服的时候也会想起爸爸，剪指甲的时候，觉得茶很好喝的时候，也一定会想起爸爸。无论我多么体恤她的感受，陪她说话，我终归和爸爸是不一样的。所谓夫妻之爱，必然是这世上最为强大的，比亲情什么的要更加宝贵。

因为又在想些没大没小的事情，我不由得脸涨得通红，用湿漉漉的手梳着头发。我把米淘得嗤嗤作响，突然由衷地觉得妈妈很可爱，想要疼爱她，好好照顾她。这样卷卷的头发，赶紧解开发结来让它长得更长吧。因为妈妈从前就不喜欢我留短发，如果把头发留得长长的，扎得漂漂亮亮地给妈妈看，她一定会高兴的。不过，我不是很喜欢像这样不惜留长发都要让妈妈开心的样子。真烦。我想了想，最近我的焦急似乎和妈妈有着不小的关系。我想成为妈妈心目中的好女儿，话虽如此，我也不喜欢瞎讨妈妈欢心。如果我一言不发，妈妈也能理解我，不为我担心，这该有多好。无论我有多么任性，我都不会做出让自己成为人们笑柄的事，就算感到痛苦、寂寞，我也会保护好自己重要的东西。因为我是这样地爱着妈妈，爱着这个家，深爱着他们。所以只要妈妈能够对我绝对信任，每天优哉游哉地度过，对我来说就已经足够了。

我一定会出头人地，不辞劳苦。这对现在的我来说，既是最大的喜悦，更是我的生存之道。真是的，妈妈居然一点儿都不相信我，还把我当成小孩。当我说话很孩子气时，妈妈就会感到高兴，前一阵子也是，我特地像个傻子似的把夏威夷小提琴拿出来拉给她听，妈妈虽然好像打心底里感到高兴，却装傻取笑道："哎呀，下雨了吗？我好像听到了雨滴的声音。"看她竟然真的认为我会对夏威夷小提琴这种东西着迷，真是扫兴极了，好想哭。妈妈，我现在已经是个大人了，社会上的事情，我全都知道。你就放心地跟我商量吧。哪怕是家里的经济状况也好，都通通告诉我，如果您愿意跟我说家中经济不景气，我也该省着点用的话，我绝不会死乞白赖地让您帮我买鞋。我愿意成为一个质朴勤俭的女儿。这些话句句属实。尽管如此……想起一首叫作《啊，尽管如此》的歌，我独自窃笑了起来。回过神来，发现自己就这样两手伸进锅里，像个傻瓜一样胡思乱想。

糟糕糟糕，得赶紧为客人准备晚餐。要怎么处理刚刚那条大鱼呢？姑且先把它切成三片，再洒上酱汁吧。这样吃一定很美味。做料理必须全靠直觉。还剩下一些黄瓜，就用来做三杯醋（用糖或甜酒、酱油、醋各一杯混合而成的调味料），再做一道我引以为傲的煎蛋。然后再做一道菜。啊，对了！就做洛可可料理吧。这是小女子设计出来的料理。在每个盘子上，各摆上火腿肉或是鸡蛋，以及荷兰芹和卷心菜，把厨房剩余的所有菜搭配得五彩缤纷，然后娴熟地摆放好，既省事，又省钱，虽然一点儿也不好吃，但是餐桌变得热闹华丽，看起来像是一顿奢侈的美味佳肴。在鸡蛋后面摆上荷兰芹菜叶，像红色珊瑚礁一样的火腿在一旁稍稍探出脑袋。卷心菜的黄叶就像牡丹的花瓣和鸟羽扇一样平铺在盘子上，青翠欲滴的菠菜不知是牧场还是湖水。看到餐桌上摆着两三盘这样的料理，客人应该会突然想到路易王朝吧。应该不至于这样，反正我也做不出什么美味佳肴，至少要做得美观，来迷惑客人，蒙混过关。料理最重要的就是外观。大致上所有的菜都能靠外观糊弄过去。话虽如此，这洛可可料理还是很需要绘画才能的。对色彩的搭配若没有超乎常人一倍的敏感，肯定做不好。至少要像我这样细腻。我前段时间用辞典查了查"洛可可"

的意思，它被定义为唯有华丽、没有内涵的装饰样式，真好笑。这回答堪称经典。美丽不存在内涵。纯粹的美是无意义、无道德的。这还用问吗？所以我才喜欢洛可可。

总是如此，我做着料理尝着各种味道之时，老是被莫名的虚无感所侵袭。我十分疲倦，变得闷闷不乐。所有的努力都进入了饱和状态。所有的一切，都无所谓了。最终会"唉"地一声自暴自弃，味道也好外观也好，全都抛到脑后，走路时发出啪嗒啪嗒的响声，一脸不高兴地把菜端给客人。

今天的客人看起来尤为忧郁。他们是住在大森的金井田夫妇和今年七岁的良夫。金井田先生明明已经快 40 岁了，皮肤却像美男子一样白皙，让我讨厌。为什么要抽敷岛烟呢？带着滤嘴的香烟总感觉不干净。抽烟就要抽不带滤嘴的。敷岛这烟吸久了，会让人怀疑抽烟者的性格。他还特意朝向天花板哈哈地吐着烟，念叨着什么"原来如此"。他现在好像是个夜校老师。他的太太个头很小，唯唯诺诺地，还很粗俗。哪怕是些无趣的事，也要弯下身子，把脸贴近榻榻米，笑得像是呛到了一样。根本就没有什么好笑的，看来她误以为自己这样夸张地笑得趴下来的行为是非常高雅的。现在这世道，像他们这个阶级的人大概才是最坏、最肮脏的吧。这就是所谓的小市民还是小公务员什么的。连小孩都要胡乱地耍小聪明，一点儿也不率真开朗。我却偏偏得抑制着这样的情绪，向他们又是鞠躬示好，又是媚笑搭话。还一边摸着良夫的头夸他"真可爱真可爱"，我感觉自己就像在说谎欺骗大家，说不定就连金井田夫妇俩，都远比我要纯真。大家吃着我做的洛可可料理，夸奖我的厨艺，尽管我觉得难受、生气、想哭，我依旧得强颜欢笑。虽然不一会儿我也入席一起吃饭，但金井田夫人喋喋不休的愚笨奉承实在令我作呕，我表情严肃，决定不再说谎。

"恕我直言，这样的料理一点儿也不好吃，不过是我的穷余之策。"我本意是想把事实告诉他们，而金井田夫妇竟然拍手称快，"穷余之策，这词用得好啊。"我感到委屈，甚至想要把碗筷扔了大声哭出来。我强忍住这样的念头，勉强露出笑脸。

"这孩子也渐渐能帮上忙了哟。"就连妈妈都这么说。妈妈明明知道我很难过，却为了迎合金井田夫妇呵呵笑着，说出这样无聊的话。妈妈，你真的没必要这样讨好金井田这种人。接待客人的时候的妈妈，不是真正的妈妈。只是一个柔弱的女子。虽说爸爸过世了，但也没必要这么卑躬屈膝。我感到很丢脸，一句话也说不出来。"请你们回去吧！请你们回去吧！我的父亲是一个优秀的人。温柔体贴，人格高尚，因为我父亲去世了就这么看不起我们的话，请你们现在立马回去吧！"我很想对金井田先生这样说，但我还是软弱地为他们服务着，又是给良夫切火腿，又是帮金井田夫人夹腌菜，我果然只是一个弱女子。

　　我好想快点摆脱他们，一个人独处，于是一吃完饭我就躲进厨房，开始收拾起来。我并非是在摆架子，而是已经不再需要勉强自己和那些人有说有笑了。完全不需要对那种人彬彬有礼，不，不，应该说是阿谀奉承。受不了了，要让我继续下去我可吃不消。我把能做的都已经做了，看到今天我这样克制自己、表现得和和气气，就连妈妈都很高兴。这样就足够了吗？我不知道是应该把社交和自己分得一清二楚，心平气和、有条有理地处事待人，还是应该哪怕被别人恶言相向，也决不迷失自我，决不隐瞒自己的真实感受。好羡慕那些能一生只需要同和自己一样柔弱、体贴、亲切之人生活的人。毫不费力地就能终其一生，也不需要刻意追求任何东西，这样活着真好。

　　克制自己的情绪，为他人服务这固然是件好事。但如果从今往后每天都让我不得不对金井田夫妇强颜欢笑，随声附和，我说不定会变成一个疯子。不过像我这样的人怕是不太好进监狱吧，想到这里我就感到可笑。别说进监狱了，明明连女佣都当不了，也嫁不出去。不过假如当妻子的话，还是有些不同的。如果我已经下定决心要为了那个人奉献一生，因为有了足够的生存意义和希望，所以无论工作有多么艰苦，哪怕皮肤晒得黝黑，我也能出色地将它完成。这是理所当然的。为了他我会像个小白鼠一样起早贪黑地工作。我会努力地洗衣服，再没有比看到脏衣服堆在一起更让人不愉快的事情了。我会十分焦躁，变得歇斯底里、无法冷静。仿佛死不瞑目一样。把脏衣服一件不剩地洗干净、晾到晒衣竿上后，我会觉得自己已经死而无憾了。

金井田先生要回去了。好像有什么事，妈妈也跟着一起出门了。应声连连地跟出去的妈妈也真是的，金井田他们已经不是第一次麻烦妈妈做这做那的了，我实在对他们夫妇的厚颜无耻感到厌烦，想要揍他们一顿。把他们送出门，我独自茫然地望着黄昏时的道路，又想要哭出来。

信箱里放着晚报和两封信。一封是松坂屋给妈妈的夏季大甩卖的传单。另一封是表兄顺二写给我的。信上简单地写着他马上要调职到前桥的连队，让我帮他向妈妈问好。即便是军官，也无法期待他有什么精彩的生活内容，不过我倒是很羡慕军队里每天严格不拖拉的生活起居习惯。因为每天都打理得整整齐齐，心情应该是比较轻松愉快的吧。像我这样，如果什么都不想做就干脆都不做，做什么坏事都无所谓，想要学习，又有着无限的时间，大致的愿望都能实现，如果能给我一个详细的努力范围的话，不知能对我的心情产生怎样的帮助。

如果能把我勒得紧紧的，我反而不胜感激。某本书上好像说身在战场的士兵只有一个愿望，那就是好好地睡一觉。我一面为士兵的辛劳感到同情，一面又非常的羡慕他们。从令人厌烦的琐事反复循环所形成的毫无根据的思绪之中急流勇退，唯独渴望着好好睡上一觉，这实在是纯洁而单纯的愿望，想想就觉得爽快。哪怕是我这种人，在军队中生活，受到千锤百炼之后，说不定能稍微变得率直而美丽一些。明明这世上也有像小新一样，不用在军队生活就可以十分率真的人，我真是一个坏女孩。

　　小新是顺二的弟弟，虽然和我同岁，但的确是一个十分乖巧的孩子。小新的眼睛看不见。小小年纪就失明，真是太可怜了。在这样安静的夜晚，独自待在房间的他会有怎样的心情呢？如果是我们的话，感到难受的时候，可以读读书，看看美丽的景色来缓解愁绪，小新却无法这样，只能默不作声。迄今为止比别人加倍努力地学习，好不容易打网球和游泳都变得拿手了。但不知他现在会多么寂寞、痛苦。昨天傍晚我想到小新，就试着躺在床上闭了五分钟的眼，我单是躺在床上闭着眼过五分钟，就已经感到喘不过气来了，小新他从早到晚，几天几月里，什么都看不见。如果他能发点牢骚，发点脾气，任性一些的话，我也会比较高兴，但小新什么都不说。小新从来不发牢骚，不说人坏话。不仅如此，他还很开朗，一副天真无邪的样子。他这样使我更加揪心。

　　我一边胡思乱想一边打扫着客厅，然后烧洗澡水。等洗澡水烧开之余，我坐在橘子箱上靠微弱的煤炭灯做完了学校的作业。作业做完了，洗澡水却依旧没有烧开，我便反复读起了《墨东绮谭》，写在书上的故事绝不是令人讨厌的肮脏事。但作者的装腔作势处处可见，让人觉得老套、不可靠。是因为作者上了年纪吗？不过国外的作家不管年纪多大，都更加大胆而天真地爱着对方，这样反而不让人讨厌。不过这本书在日本不是被分类在好书行列里吗？相较于其他书，作品深处能让人感受到一种真诚的淡泊之情，令人神清气爽。这是这位作者最为成熟的一部作品，我非常喜欢。我觉得这个作者是责任感很强的人。他非常拘泥于日本的道德，反而产生抗拒心理，创作出了许多令人印象深刻的作品。这是情到深处的人常有的伪恶趣味。他们故意戴上恶毒的面具，这样反而能使作品的个性转弱。不过我很喜欢《墨东绮谭》中这种虽然寂寞，却不会动摇的坚强。

洗澡水烧开了。我打开浴室的灯，脱下衣服，把窗户全部开启之后，静静地泡在澡盆里。我透过窗子窥伺着珊瑚树的绿叶，每一片叶子都因电灯的光线，强烈地闪耀着。天上的星星闪闪发光，不管重复看多少次，都在闪闪发亮。这样仰着头发呆，即便故意不去看自己泛白的身体，仍能隐隐约约地感觉到它自然而然地闯入我视野的某处。并且，继续呆坐着就会感觉这种白和小时候是有所不同的。这让我觉得无地自容，肉体不受我的意识所影响，就这样擅自地慢慢成长，让我无比烦恼。对这样迅速长大成人的自己毫无办法，我很难过。难道什么也不做，就只能顺其自然，看着自己慢慢长大成人吗？

我希望自己的身体能一直像个人偶一样。我试着像小孩一样把水搅得哗哗作响，但心情莫名有些沉重。仿佛失去了活下去的理由，我痛苦不已。庭院对面的空地处传来了小孩夹带哭腔呼喊姐姐的声音，这让我心头忽地一震。虽然并非在叫我，但我十分羡慕被孩子哭着依恋的那个"姐姐"。如果我能有那么喜欢我、愿意向我撒娇的弟弟，哪怕只有一个也好，我都不会这么不像样地、不知所措地活着吧。我应该会为了生活充满干劲，我甚至能为了弟弟献出自己的一生，为他尽心尽责。不管有多么艰难，我都能忍受，独自逞强，这样一来，我越发地同情起自己来。

洗完澡，不知为何，今晚总是在挂念星星，于是走进庭院望向天空。星星仿佛要掉下来一样。啊啊，夏天就快到了。青蛙在四处鸣叫，小麦也沙沙地交头接耳。我一次又一次抬头看向天空，满天的星星都在对我眨眼。依稀想起去年，不，不是去年，已经是前年的事了。

我硬要出门散步，爸爸明明生着病，却还是陪我一起出门了。记忆中总是很年轻的爸爸，教会我《同你白头到老》的德语小曲，告诉我有关星星的事，即兴作诗给我听，拄着拐杖吐着口水，那个一边眨巴眼睛一边陪我散步的好爸爸。默默地仰望星辰，我总能清楚地回忆起有关爸爸的事。从那之后，一年、两年过去了，我渐渐地变成了一个坏女孩，慢慢地有了不少属于自己的秘密。

回到房间，我坐在桌前托着腮看着桌上的百合花。它闻起来真香。闻着百合的香味时，哪怕就这样一个人无所事事，也不会产生什么肮脏的念头。这束百合花是我昨天傍晚散步到车站，回家路上在花店买来的。买回来之后，我的房间仿佛焕然一新，清爽了许多，拉开门后百合的香气扑面而来，真是帮大忙了。就这样盯着它，无论是精神上还是肉体上，我都感觉自己的奢侈要在所罗门王[1]之上。

我突然想起去年夏天的山形[2]之旅。去爬山时，在山崖的半山腰处，惊讶于这开得烂漫的百合花，我不由得陶醉其中。但我深知这陡峭的山崖难以攀登，无论多么喜欢它们，都只能眼睁睁地看着。当时恰好在场的素不相识的矿工则默不作声地不断往山崖上攀爬，然后一眨眼的工夫，就为我摘来了一大把百合花，多得我用双手都抱不住，随后他们面无表情地把它们全都交与我。

---

[1] 所罗门王：以色列国王，犹太人智慧之王。

[2] 山形：山形县，日本地名。

这才是真正的大把大把的花。无论是多么豪华的舞台抑或是结婚典礼上，恐怕都没有人收到过如此多的花吧。那是我第一次体会到为花朵的美丽所炫目的感觉。我张开双手抱着这大把大把的雪白的花束，连前面的路都看不到了。这位年轻的好心的且值得称赞的矿工先生，不知道现在过得怎么样了。虽然他只是去了危险的地方为我摘来了花，仅仅这样而已，但每当看到百合花时，我都会想起那位矿工。

拉开抽屉，胡乱地翻动着，竟找到了去年夏天买的扇子。白色的扇面上有个元禄时代的女性随意地坐着，在她的边上画着两支青青的灯笼草。看到这面扇子，去年夏天就如烟雾一般在我眼前缭绕。我回想起在山形的生活、火车内的样子、浴衣、西瓜、河流、蝉、风铃。我突然很想带着它乘上火车，因为在火车上打开扇子的感觉很好。扇骨张开后，突然就变得轻飘飘的。我来回把玩着扇子的时候，妈妈回来了，看起来很高兴的样子。

"哎呀，累死我了。"妈妈虽然嘴上这样说，实际上并未显露出不快，因为她喜欢助人为乐，所以没有办法。

"真是一言难尽。"她一边念叨着一边换上衣服进了浴室。

洗好了澡，我们二人便一边喝茶一边怪怪地笑着，我还以为她想说什么呢。

"你前阵子不是总嚷嚷着要看《赤足少女》吗？这么想看的

话，那就去看吧！不过，你今晚得帮妈妈揉揉肩。工作完了再去，应该会更有趣吧？"

我简直高兴得不得了。虽然一直都很想看《赤足少女》这部电影，但因为这阵子光顾着玩，迟迟没有去看。妈妈察觉到了这点，就吩咐我做事，让我能够光明正大地去看电影，真的好高兴！我太喜欢妈妈了，一想到这里，我就情不自禁地笑了出来。

因为妈妈应酬很多，我们两人好像很久没有这样一起度过夜晚了。妈妈想必也在为了不让他人瞧不起而拼命努力着吧。就这样揉着妈妈的肩，我仿佛能切身体会到妈妈的辛劳，想要好好珍惜她，我为刚刚金井田夫妇来的时候，自己在背地里恨着妈妈而羞愧，嘴里小声念叨着："对不起。"我总是只考虑自己，而对妈妈则是从心底里耍小性子，无理取闹。每次妈妈不知道有多么痛苦，我却毫无察觉。自爸爸去世以来，妈妈就变得很脆弱。我感到痛苦或者难以忍受，都会统统向妈妈倾诉，完全依赖于她，而一旦妈妈稍微要我帮忙，我就感到厌烦，仿佛看到了脏东西一样，这真是太任性了。无论是妈妈，还是我，都是一样弱小的女子。从今往后要满足于我们母女二人的生活，多为妈妈着想，陪她聊聊过往，谈谈爸爸。哪怕只有一天也好，我希望能度过以妈妈为中心的生活，好好地感受生存的价值。虽然我心里担心着妈妈，想要当个好女儿，但我的言行举止总是任性得像个孩子。而且这个年纪的我，已经不像孩子那样纯洁。我的内心脏兮兮的，这让我羞愧不已。

所谓痛苦、烦恼、寂寞、悲伤，究竟是什么？说白了就是"死"。我虽然非常清楚，但如果要让我解释，却说不出一个类似的名词或是形容词。就是会感到慌慌张张，到最后又兴奋地瞪大双眼，这心情真不知怎么形容。古时候的女人虽然被骂成是奴隶、没有自我的蝼蚁或是人偶，但她们的女人味要远在我之上，也更加从容，有着逆来顺受、坦然应对的智慧。她们知道纯粹的自我牺牲的美，也懂得无私奉献的喜悦。

"哎呀，真是一个好按摩师，你可真是个天才。"

妈妈一如既往地拿我打趣。

"可不是嘛，这可是我饱含心意地按摩呢。不过我的长处可不止上下按摩，单会按摩的话，总觉得心中没底。我还有许许多多的优点。"

把心中所想之事就这样坦率地说出来后，感觉十分爽快。这两三年来我从没有说得这么天真无邪，干脆爽快。知道了自己有几斤几两，看开之后，说不定会诞生一个平静而崭新的自己，我开心地期待着。

今天在各种意义上想要对妈妈道谢，按摩结束后，再顺便读一点《爱的教育》给妈妈听。妈妈知道我在读这样的书，果然脸上的表情也祥和了起来。前几天我在读约瑟夫·凯塞尔的《白日美人》时，妈妈偷偷地把我的书本抽走，稍稍扫视了一下，阴沉着脸，但一言不发地把书还给了我，我也稍稍有些不高兴，不再想继续读下去。妈妈明明没有读过《白日美人》，但好像能用直觉明白这本书讲什么。夜晚，静悄悄的，我一人读着《爱的教育》，声音听起来很大，像个傻子。读着读着，有时会感到很无趣，觉得有些对不起妈妈。周围太过安静，自己显得更加傻了。《爱的教育》这本书不管读几遍，受到的感动和小时候读的时候都是完全一样的，我的心仿佛也立刻变得天真纯朴起来。这果然是本好书啊，尽管如此，朗读和默读还是有很大区别的，惊讶之余，我闭上了嘴。妈妈听到安利柯和卡罗纳的部分，会垂着头哭泣。我的妈妈和安利柯的妈妈一样，都是非常美丽出色的妈妈。

妈妈先去睡了。我觉得是因为一大早就出门的缘故，现在应该很累吧。我帮她铺着被子，啪嗒啪嗒地拍着被子的下半部分。妈妈无论什么时候，只要一上床就会马上睡着。

我接下来准备去浴室洗衣服。最近好像染上了奇怪的习惯，快到晚上十二点才开始洗衣服。虽然感到有点可惜，但这也许就是我白天无所事事地消磨时间的结果。透过窗户能看到月亮姐姐，我蹲下来，唰唰唰地洗着衣服，一边对着月亮姐姐笑。月亮姐姐今天的表情有些陌生。突然我觉得会不会在同一瞬间，在别处也会有像我一样寂寞可怜的女孩洗着衣服，同时偷偷地对着月亮笑。我相信她确确实实笑出了声，那苦孩子身处边远的乡下，住在山顶上的一间屋子里，深夜里正默默地在房后洗着衣服。然后在巴黎小巷的某个脏乱公寓的走廊上，也有一个跟我同岁的姑娘，一个人偷偷地洗着衣服，对着月亮姐姐笑，我对此深信不疑，甚至觉得能用望远镜看得一清二楚，色彩鲜明地浮现在我眼前。

没有人能知道我们的委屈。如果我们能立刻长大成人，当我们回忆起现在的苦恼和寂寞时，可能会觉得很可笑，但在完全成为大人之前的漫长而令人讨厌的这段时期，我又该如何度过呢？谁都不愿意告诉我。就像得了麻疹那样，只能置若罔闻。但是既有人因为麻疹失明，也有人因此而丧命，所以置若罔闻是不行的。我们如果每天都闷闷不乐，动不动就生气，过不了多久就会失足堕落造成无法挽回的后果，有的人生活就此变得一团糟。甚至有的人一个想不开就选择了自杀。"明明再活久一点就能知道了，再长大一点，自然而然就会懂了！"无论世人怎么感到惋惜，对当事人自己而言，的确痛苦得不得了，好不容易忍受到现在，拼命地想要听见世人的声音，得到的却总是模棱两可的训诫，然后"够了够了"地自我安慰。我们要丢人现眼到什么时候，我们绝非享乐主义者，指着那遥远的山峰，"只要到了那里，风景一定很好"，我们深知这绝非谎言，然而我们现在肚子是那么的痛，却还要对其视而不见，只知道告诉自己"再加把劲，忍耐一下，只要能爬上山顶，就万事大吉"。一定是有人搞错了，那个人就是你。

洗完衣服，再打扫浴室，然后轻轻地拉开门，百合的香气扑面而来。爽快极了，仿佛连内心深处都变得透明，变得崇高而虚无起来。正当我静静地换上睡衣时，刚刚还睡得正甜的妈妈突然闭着眼睛说起话来，把我吓了一跳。妈妈时不时会做出这样的举动来吓我。

"你一直说想要夏天穿的鞋子，我今天去涩谷就顺便看了看，没想到鞋子也这么贵了啊。"

"没关系啦，我也没那么想要了。"

"可是，没有的话，会很失望的吧。"

"嗯。"

明天，又是同样的一天。尽管我知道幸福这辈子都不会来了，但我还是相信它一定会来，明天就会降临到我身边。带着这样的念头入睡也不坏。我故意重重地躺倒在棉被上。啊！真舒服。因为棉被还比较冷，感觉背上凉飕飕的，不小心发起了呆。隐约想起那句话："幸福迟了一夜才来。"我一直等待着幸福的到来，终于按捺不住地跑出家门，就在第二天，美好的幸福的讯息来到了这个被舍弃的家中，然而已经太迟了。幸福迟了一夜才来，幸福……

庭子里传来了卡儿的脚步声，啪嗒啪嗒啪嗒啪嗒，卡儿的脚步声是有特征的。因为它的右前腿比较短，前腿呈 O 形，所以脚步声听起来有些寂寞。它夜晚经常这样在庭子里四处走动，是在做些什么呢？卡儿真可怜，虽然今天早上我欺负了它，但明天一定要好好疼爱它。

因为我容易感到悲伤，如果不用双手遮住脸庞的话就睡不着。我遮住脸，一动不动。

陷入睡眠时的心情是很奇怪的。像是鲫鱼或鳗鱼在拼命地拉着钓鱼线一样，感觉有一股像铅一样沉重的力量用绳子使劲地拉着我的头，待我迷迷糊糊快要睡着的时候，又放松了绳子，然后我突然又精神了起来。然后那绳子又开始猛地拽我，放松，拽我，放松。像这样重复三次、四次，然后大力地将我拉入沉睡中，直到天亮。

晚安。我是一个没有王子临幸的灰姑娘。您是否知道，我明天会在东京的何处呢？我们将再也不会见面。

# 告诉你

　　小时候的我们都盼望着长大，盼望着成为那些我们曾经憧憬着的大人模样，然而随着我们渐渐成长，对未来却感到恐惧起来，我们被这些恐惧压垮，渐渐衰老残败，心也枯萎起来，最后趋于麻木。人的衰老不是从肉体，而是从心灵开始的，当一个人趋于现实的压迫而最终选择妥协时，人的衰老也就开始了。

　　小说中以"我"的视角，表现出了"少女"对"女人"的厌恶和抵触，"我"宁可在少女时死去，也不愿长大后美丽不再。对琐碎的哲思，对丑陋的抗议，漫无边际的遐想和游离天边的思绪，本就是一个少女才该拥有的权利。保持心灵的质朴和纯真，在难搞的日子里笑出声，在苍老的年纪唱起歌，在一个阳光明媚的午后，做一个有关少女青春的梦。

# 附录

织田君之死

## 人物年志
- 太宰治
- 冈本加乃子
- 樋口一叶
- 织田作之助

# 织田君之死

织田君身上一直透露着一种死亡的气息。在我仔细读完他的两篇小说之后,总共也只跟他本人见过两次面,第一次见面还差不多是在一个月以前,因此跟他之间的交情并不深厚。

然而我自认为,没有人比我更了解他的悲伤。

第一次在银座见到他时,我就感觉这真是个悲伤的男子,想着想着自己心里也难受得不得了。因为我仿佛能清楚地看到,他的前方别无他物,只有一堵名为"死亡"的墙。

织田君他是想要寻死的。但我无能为力。就算我像个前辈似的给他忠告,也不过是令人讨厌的伪善罢了。我只能在一旁看着,什么都做不了。

他总是拼了命地奋笔疾书。他让我感到当今这个时代,像他这样的人一定还有很多很多,但意外的是,我并没有发现他们。这时代真是越发无趣。

对于织田君的死,世上的大人们也许会高高在上地批判他不够自重或是因为别的什么无聊的事,但我希望你们不要再说那些恬不知耻的话了!

织田君之死

昨天读到了辰野隆[1]所写的介绍塞南柯尔[2]的一篇文章，其中引用了塞南柯尔的这样一句话：

"放弃生命逃离人世，人们把这说成是罪恶。但正是那些不让我死的诡辩家不时地使我暴露在死亡面前，逼我赴死。他们所想出的种种革新，在我的周围徒增了死亡的机会，他们的论点把我引向了去往死亡的道路，而他们定下的法律则将死亡赋予给我。"

杀死织田君的，不正是你们这些人吗？

他这样突然离世，正是他为自己写下的最后一首悲哀的抗议之诗。

织田君，你已经做得很好了！

---

[1] 辰野隆：批评家，日本法国文学学科的奠基人。

[2] 塞南柯尔：法国早期浪漫派作家。

# 人物年志

所谓世间 那就是你

# 太宰治
Dazai Osamu 1909–1948

小说家,本名津岛修治,日本"私小说"领域的天才作家。1909年6月19日,出生于青森北津轻士绅之家。中学时期成绩优异,并对芥川龙之介、泉镜花的作品十分倾心;高中时期接触左翼思想,对自己的富家子弟身份怀抱罪恶感,初期作品倾向社会批判;大学时期更因倾心左翼运动、沉溺酒色而怠惰课业,遭东京大学除籍。1935年发表的《逆行》入围芥川奖候补作品,1939年凭借《女生徒》获得北村透谷奖。太宰治一生创作了诸多作品,其中《斜阳》《人间失格》《维庸之妻》等均被认为是优秀的作品。太宰治是日本读者阅读得最多的作家之一,甚至成了不少青少年的精神导师。但比起他的作品来,更让人觉得震惊的,是他一次又一次自杀的事迹,五度自杀,有三次是跟女子一起殉情,最终于1948年与情人山崎富荣双双投入玉川上水,结束了自己的一生。

**斜阳馆** 斜阳馆为太宰治纪念馆，同样也是津岛家的住宅，落成于1907年6月。是明治时期的大地主津岛源右卫门（太宰治之父）建造的歇山顶构造（日本称"入母屋构造"）的建筑。馆内设施豪华，连米仓也为罗汉柏所造，加上附属建筑及配有泉水的庭园等，占地约2244平方米。

**樱桃忌** 樱桃忌——又称为"太宰忌"，每年6月19日这天，于东京都三鹰市禅林寺太宰治墓前举行。追悼太宰治而来的读者们会在墓前供奉香烟、啤酒，并在墓碑上刻有名字的地方塞满樱桃。"樱桃忌"取名自太宰治自杀前一个月创作的名作《樱桃》，生长于北方酷寒之境的樱桃，与太宰治鲜明强烈而富有戏剧性的人生经历相似，故以此命名。

### Lupin 酒吧

Lupin 酒吧于 1928 年建立，名字取自法国侠盗小说主人公 Arsène Lupin。因为毗邻新潮文库的缘故，这里成了文豪们经常来的地方，川端康成、太宰治、坂口安吾、织田作之助、永井荷风、泉镜花……这些文豪们一领到稿费，都喜欢来这里喝上几杯。L 形吧台的深处，是太宰治常坐的地方，侧面墙上，是他那张著名的跷着腿的照片。Lupin 酒吧现今仍正常营业。

### 玉川上水

玉川上水为太宰治和山崎富荣投水自尽的地方，位于日本三鹰市。玉川上水现在只是一条浅浅的小溪，当初太宰治投河的时候却是一条大河。

### 无赖派

无赖派是日本文学的一个流派。其主要成员包括太宰治、坂口安吾、织田作之助等人。他们带有极度的忧郁和对传统价值的嫌恶之情，呈现出一种自我嘲讽和否定一切的特征倾向。

## 太宰治年谱

**1909 年**（明治四十二年）

6月19日，出生于青森县北津轻郡金木町。原名津岛修治。其时津岛家为县内首屈一指的大地主。

**1916 年**（大正五年）7岁

进入町立金木普通小学。成绩突出。

**1921 年**（大正十年）12岁

以第一名的成绩从小学毕业，并于当年就读于明治高等小学。

**1923 年**（大正十二年）14岁

3月，其父病逝于东京。4月，进入县立青森中学，寄宿于一远亲家里。

**1925 年**（大正十四年）16岁

在中学校友会刊上发表习作《最后的太阁》。和友人发行同人杂志《星座》。

**1927 年**（昭和二年）18岁

第一高等学校（现在的东京大学教养学院）入学考试失利，

进入弘前高等学校（现在的弘前大学）文科甲类（文学系的英语班）就读。

**1928 年**（昭和三年）19 岁

创刊同人杂志《细胞文艺》。由于有雄厚资金作为背景，获得许多有名作家如舟桥圣一和吉屋信子的原稿。

**1930 年**（昭和五年）21 岁

进入东京帝国大学法文系。投入井伏鳟二门下，奉其为师。同年和咖啡店的女侍在镰仓的小动海岬跳海殉情未遂。由于对方死亡，因此以协助他人自杀的嫌疑犯身份接受调查，经兄长文治等人奔走而免于起诉。

**1931 年**（昭和六年）22 岁

与小山初代同居。以朱麟堂为号，沉迷于俳句之中，大学学业几近荒废。

**1932 年**（昭和七年）23 岁

向警方自首参加左翼运动，并遭拘留。其后脱离左翼运动，并回帝大重修，沉迷于写作之中。

人物年志

**1933年**（昭和八年） 24岁

　　在《东奥日报》以太宰治的笔名发表短篇小说《列车》。

**1934年**（昭和九年） 25岁

　　与檀一雄、木山捷平、中原中也、津村信夫等人创办文艺杂志《青花》，发表《浪漫主义》。

**1935年**（昭和十年） 26岁

　　2月发表《逆行》。3月参加东京都新闻社的求职测试落选，企图自杀，未遂，并于帝大辍学。8月，《逆行》成为第一届芥川奖的候补作品。师从佐藤春夫。

**1936年**（昭和十一年） 27岁

　　进入武藏野医院治疗药物中毒。

**1937年**（昭和十二年） 28岁

　　与小山初代在水上温泉服安眠药自杀，未遂，随后与小山初代分手。

- **1938 年**（昭和十三年） 29 岁

  井伏鳟二做媒，与石原美知子订婚。

- **1939 年**（昭和十四年） 30 岁

  与石原美知子举行婚礼，并于秋天移居东京都三鹰。4 月于《文学界》发表《女生徒》，并因《女生徒》而获北村透谷奖。

- **1940 年**（昭和十五年） 31 岁

  确立了新晋作家的地位，并开始大量写作。

- **1941 年**（昭和十六年） 32 岁

  长女园子出生。同年，太田静子初访太宰治于三鹰居所。

- **1944 年**（昭和十九年） 35 岁

  长男正树出生。同年，小山初代去世。

- **1945 年**（昭和二十年） 36 岁

  带妻子回到青森县津轻的老家。同年，日本宣布无条件投降。

**1946年**（昭和二十一年）37岁

　　携妻子回三鹰自己家。

**1947年**（昭和二十二年）38岁

　　年初到神奈川县探访太田静子。次女里子出生（即日后的女作家津岛佑子）。年末，与太田静子的女儿治子诞生。发表《斜阳》。

**1948年**（昭和二十三年）39岁

　　6月13日，与山崎富荣于玉川上水投水自杀。6月19日，遗体被发现。7月，《人间失格》单行本由筑摩书房刊行。

# 冈本加乃子

Kanoko Okamoto 1889—1939

小说家，1889年出生于东京。师从女歌人与谢野晶子，早期以诗歌创作见长。1910年与漫画家冈本一平结婚，却因夫妻间的对立与次子的早夭而患上了严重的神经衰弱。此后开始钻研佛教各流派，并发展出个人独特的生命哲学，作品多可见宗教影响。1936年发表以芥川龙之介为蓝本的小说《病鹤》，受川端康成好评推荐，正式于文坛出道，并在短短三年间发表《母子叙情》《金鱼缭乱》《老妓抄》等代表作，以浓密的情感与敏锐的人间洞察，交织而成极富生命力的独特世界。

## 《老妓抄》

冈本加乃子的代表作，书中讲述了一位累积财富之后仍充满生命活力的老艺伎，看中出入自家的电器行青年，在保障青年生活无忧的情况下，让青年尽情从事自己所喜欢的发明工作。作品描写了如清纯少女般天真无邪的思想以及老女人的执着妄想，被称为首屈一指的短篇小说杰作。

## 冈本太郎（1911年－1996年）

日本前卫艺术家，冈本加乃子长男。以大型立体作品受到国际瞩目，其作品用色浓烈鲜艳，笔触即兴，展现了抽象画风和超现实主义特色。代表作包括1970年大阪万国博览会精神地标"太阳之塔"，最有名的口号为"艺术就是爆炸"。冈本太郎一生中遗留下来的作品涉及油画、版画、雕塑、陶艺、摄影等多个领域，被称为日本的"毕加索"。为了纪念他在艺术上所做出的贡献，1998年在其家乡神奈川县川崎市，为他建造了一座冈本太郎美术馆。

## 冈本加乃子年谱

**1889 年**（明治二十二年）

3月1日，冈本加乃子作为长女出生于东京赤坂青山南町的大贯家，大贯家是幕府御用的大商人，加乃子就生长在这样一个富豪之家。

**1902 年**（明治三十五年）13 岁

在文学上崭露头角，在迹见女子学校的校刊《汲泉》上发表短歌。

**1905 年**（明治三十八年）16 岁

开始以大贯野蔷薇的笔名在《女子文坛》《读卖新闻》的文艺栏投稿。

**1906 年**（明治三十九年）17 岁

加乃子进入著名诗人与谢野晶子门下，拜其为师进行学习，并以大贯可能子的笔名在《明星》《昂》等杂志上多次发表短歌。

**1909 年**（明治四十二年）20 岁

加乃子毕业后，爱上同门的文学青年伏屋龙彦，二人曾一起私奔，但这段爱情并未长久，如同昙花一现。

**1910 年**（明治四十三年） 21 岁

　　加乃子在其二哥宿舍认识了上野美术学校的学生冈本一平，并被他热烈求婚，于 21 岁结婚。

**1911 年**（明治四十四年） 22 岁

　　儿子太郎出生，加乃子受到平冢雷鸟的邀请成为《青踏》杂志的编辑。此时虽然之前因为家道中落经济上较为窘困，但冈本一平进入《朝日新闻》工作，开始连载漫画，并大获成功，生活逐渐安定了下来。

**1912 年**（大正元年） 23 岁

　　二哥去世，同年自己的第一部歌集出版发行。这时丈夫一平开始有了婚外情，加乃子也开始有了自己新的恋情，有时会让情人住进自己家中让他做家务。夫妻二人生活极其混乱。后来冈本一平进行参禅体验后洗心革面，原谅了妻子的不贞，并把自己的一生奉献给了妻子。受到丈夫的影响，加乃子也开始研究佛教。

- **1920 年**（大正九年）31 岁

  和川端康成、今东光等人一起参与复刊《新思潮》(第六次)。

- **1923 年**（大正十二年）34 岁

  与丈夫在镰仓避暑时，结识了芥川龙之介，并开始深交。

- **1929 年**（昭和四年）40 岁

  丈夫一平作为《朝日新闻》的特派员被派至伦敦参加裁军会议，以此为契机，加乃子带着儿子冈本太郎以及她的情人一同前往。

- **1933 年**（昭和八年）44 岁

  她开始对川端康成创立的《文学界》进行资金援助，另一方面帮助岛崎藤村，参与了日本笔会的创立。父亲死后，虽曾因脑溢血病倒，但仍接连写下《鲤鱼》等名作。

- **1936 年**（昭和十一年）47 岁

  在川端康成的推荐下，在《文学界》上发表了小说《病鹤》。

**1937 年**（昭和十二年） 48 岁

发表了《仲夏夜之梦》《金鱼缭乱》等作品。

**1939 年**（昭和十四年） 50 岁

2 月 17 日，因脑溢血逝世。

# 樋口一叶

Higuchi Ichiyō　1872－1896

　　原名樋口夏子，是日本近代最伟大的女性小说家。她生于东京的一个下级官吏之家，后因父亲经商破产，独自一人承担起母亲及妹妹的生计问题，1896年在贫病交加中去世。在短短二十四年的人生里，一叶创作了大量的作品，其中1894年12月到1896年1月，是她创作生涯的巅峰，后世文学评论者称之为"一叶的奇迹十四月"。在这期间，她写出了《青梅竹马》《十三夜》《大年夜》等诸多脍炙人口的佳作，轰动文坛。2004年，日本政府将其肖像印在5000日元正面。

## 吉原花街

日本第一花柳街吉原是江户时代公开允许的妓院集中地，位于东京都台东区，这个地名到1966年为止一直存在。吉原特殊的历史背景和文化内涵，成了不少作家、画家的取材之地，樋口一叶、森鸥外、芥川龙之介、永井荷风、葛饰北斋等都曾描绘过吉原的风俗人情，尤其是樋口一叶为了写书还在吉原附近的龙泉居住过一段时间。

## 樋口一叶纪念馆

樋口一叶纪念馆位于东京都台东区，是樋口一叶出生及生活的地方。纪念馆内部有三层，其中二、三层是禁止拍照的，纪念馆的第一层循环播放着樋口一叶介绍纪录片、《青梅竹马》和《十三夜》等名篇的电影短片。在二楼列着樋口一叶生前所用过的一些物品，部分草稿、照片、日记、小说等藏品的复制版。三楼展示了纪念馆以及周边建筑的模型。

# 樋口一叶年谱

- **1872 年**（明治五年）

  5月2日出生于东京千代田区，其父母原是农家出身，后因其父投靠幕府武家，谋得一个下级官吏的职位。

- **1877 年**（明治十年）5 岁

  一叶进入本乡学校进行学习。

- **1878 年**（明治十一年）6 岁

  转入私立吉川学院学习。

- **1883 年**（明治十六年）11 岁

  以小学高等科第四级第一名毕业，其后未再接受学校教育。

- **1886 年**（明治十九年）14 岁

  父亲把她送到中岛歌子的私塾"荻舍"进行学习,学习和歌、书法和古典日文。

- **1887 年**（明治二十年）15 岁

  父亲自警政厅退职。年底，长兄泉太郎因肺结核病逝。

**1889年**（明治二十二年）17岁

父亲经商失败后负债累累，气恼交加，一病而逝，一叶原本的未婚夫也变心毁约，一叶一家陷入了贫困境地。在此情形下，一叶勇敢地扛起了生活的重担，为维持生计，她先后做过洗衣、缝补等诸多杂工。但即使这样，依然无法解决家人的温饱。一叶开始向周围熟人借钱周转以维持生计，家也在贫民街上几度辗转。

此时听闻曾经"荻舍"的前辈田边龙子（笔名花圃）的小说《薮之莺》出版，并获得了相当丰厚的收入，一叶大受启发，决定以笔养家。

**1891年**（明治二十四年）19岁

结识作家半井桃水，开始学习小说的写作技巧。"一叶"的笔名，便是在这一年取的。

**1892年**（明治二十五年）20岁

她模仿日本现代著名小说家幸田伴露笔风写成处女作《埋木》，在半井桃水主办的浪漫主义文学刊物《武藏野》发表。其后，她又在同一杂志相继发表了《雪天》《琴声》《暗樱》等短篇小说，一举登上文坛。

**1893 年**（明治二十六年）21 岁

由于之前写作的微薄收入并没有解决家境贫困的现状，而且还因为自己写作而加重了母亲和妹妹的生活负担，一叶曾一度放弃写作，并搬到贫民区吉原附近的龙泉寺，开了一家杂货铺。

这一时期，一叶所接受的明治时期最上层的教育和对最下层人民穷苦生活的深切体会，成为她创作生涯的转折点。在吉原街所认识的那些一长大就要被卖身的女孩，一叶对她们的命运产生了深切的同情。这些宝贵的经验丰富了她写作的内涵，文体随之发生剧烈变化：浓妆艳抹的冗词赘句消失了，取而代之的是简洁有力的肺腑之言。

**1894 年**（明治二十七年）22 岁

在《文学界》上发表《大年夜》。

**1895 年**（明治二十八年） 23 岁

凭借自己在龙泉寺生活的经历，写出了《行云》《浊流》《十三夜》等一系列作品，并在《文学界》杂志上发表。

**1896 年**（明治二九年） 24 岁

11 月 23 日午后，因肺结核过世，年仅 24 岁。

所谓世间 那就是你

# 织田作之助
Oda Sakunosuke 1913—1947

  1913年10月26日生于大阪，日本肉体颓废文学的先驱，1940年凭借《夫妇善哉》获得改造社第一回文艺推荐作品赏，成为文坛出道之作，后发表过《世相》《赛马》《青春的悖论》等多部作品，作为新戏作派（无赖派）文人活跃在文坛之中。织田作之助擅长以平民化的方言描写大阪的平民生活，其作品处处透着平民现实生活中的破灭感与哀愁美，以"使谎言变作现实"为创作观念，想要从根本上消除虚构和现实间的界限，和太宰治同属"无赖派"先驱，且有"东太宰，西织田"的美誉。1947年1月10日，织田作之助因肺结核病情恶化，与世长辞，与先过世的妻子宫田一枝一同合葬于大阪楞严寺内。1984年，大阪文学振兴会设立了"织田作之助赏"，评奖只面向那些人物、题材和关西地区密切相关的新人作品，以纪念这位宛若彗星的文坛巨匠。

## 夫妇善哉

夫妇善哉是一家极具来头的日式甜品老铺，位于道顿堀法善寺横町里，创业于明治十六年（1883年），距今已有百余年的历史。"夫妇善哉"的原名为"御福"，是一家红豆年糕专卖店，店内精制而成的红豆，甜而不腻、清润可口，"善哉"为红豆年糕的日文名。"御福"所出售的一人份的红豆年糕，由两碗相同的红豆年糕组成，比喻夫妻关系很好的意思。

1940年织田作之助发表的同名小说中将"御福"的店名改为"夫妇善哉"，1955年由丰田四郎执导、森繁久弥和淡岛千景主演的同名电影大获好评，店名也就顺其自然地改为了"夫妇善哉"。

**自由轩**

咖哩店"自由轩"在明治四十三年（1910）创业，位于大阪难波，是大阪第一间西洋料理店，贩卖的名物咖哩饭令织田作之助流连忘返。自由轩本店店内至今仍装饰由织田亲赠给老板的个人照片，老板装帧后标注"豹死留皮，织田作死留咖哩"，以此感念文豪对咖哩的喜爱。

**《Daido Moriyama: Odasaku》**

Odasaku 的意思是"织田作"，而在日本"织田作"是织田作之助的通称。该画册是同样出生在大阪的森山大道所拍摄的大阪街头风物，与织田作之助的小说糅合排版，是向织田作之助的致敬之作。

**《织田君之死》**

织田作之助死后当月，太宰治曾为其撰文《织田君之死》以纪念。（详见附录）

## 织田作之助年谱

- **1913 年**（大正二年）

    10月26日出生于日本大阪市。

- **1931 年**（昭和六年）18 岁

    进入第三高中文科甲类学习。

- **1932 年**（昭和七年）19 岁

    沉醉于现代戏剧，并在《岳水会杂志》上发表了《辛格剧杂稿》。

- **1934 年**（昭和九年）21 岁

    毕业考试期间在寄宿处咯血，结果中断学业到白浜温泉和小豆岛疗养。

- **1936 年**（昭和十一年）23 岁

    和青山光二、白崎礼三、濑川健一郎等人创办同人杂志《海风》。发表剧本《早晨》《吊灯》。

**1938 年**（昭和十三年） 25 岁

发表《独居》《雨》，受到武田麟太郎的关注。

**1939 年**（昭和十四年） 26 岁

回到大阪，寄居在大姐夫家中，先后在织物新闻社和日本工业新闻社工作，但也坚持文学创作。

**1940 年**（昭和十五年） 27 岁

发表《夫妇善哉》，成为改造社第一届文艺推荐作品，借此机会真正进入了文坛。

**1941 年**（昭和十六年） 28 岁

发表《青春的悖论》，但在战争时期因"伤风败俗"被政府禁止发行。

**1944 年**（昭和十九年） 31 岁

8 月 6 日妻子一枝因为癌症病逝（享年 31 岁）。

**1946 年**（昭和二十一年） 33 岁

发表《世相》《赛马》等众多作品。十二月，因大量咯血住进医院。

**1947 年**（昭和二十二年） 34 岁

因病情急剧恶化，1月10日与世长辞。1月23日，与先过世的妻子一枝合葬于大阪楞严寺内。